文芸社セレクション

男の生きる道

～「武士道」で取り戻す「男らしさ」の美学～

与国 秀行

文芸社

はじめに

世界を覆っているＬＧＢＴＱの潮流によって、ますます時代は、「男らしさ」を語ることができなくなりました。

ですから誰かが、批判されることを覚悟で、「男らしさ」を語らねばなりません。現代にも、戦後の日本にも、「男らしい男」はたくさんいると思います。

しかしながら、「男らしさ」を語ることができなくなる時代に突入している今だからこそ、流れる川の中で、岩がどっしりと動かず、雨にも夏の暑さにも、冬の寒さにも耐え抜くように、世界の潮流に抗って「男らしさ」を守り抜かねばなりません。

そして日本人が「男らしさ」ということを考える時、「武士道」ということが一つ重要な鍵になると思います。ですから本書は、日本から武士道が失われてきた経緯、そして武士道精神について触れております。そして武士道から得られる精神、それが大いなる調和を求める大和魂です。

何としてでも男たちの手で、「男らしさ」を守り抜かねばなりません。

本書が、男女を超えて一人でも多くの方に、ほんのわずかにでも「男らしさとは何か?」ということをお伝えできれば幸いです。

与国秀行

目次

序章　男らしさと武士道

時代の流れに逆らって

「性」を語ることが憚られる時代

「ミツバチが地球上から消えたら、人類は4年、生きられるだろうか?」、そう述べたのは天才科学者のアインシュタインです。

もしも花の蜜を取りながら花粉を運んでくれるミツバチがいなくなったら、食物連鎖は途絶えてしまい、人類もたった4年で滅びる可能性がある、そうアインシュタインは述べたわけです。

そして今という時代は、誰がどう見ても月日を追うごとに、明らかにおかしくなっています。

それは「時代が狂い始めている」と表現しても違和感はないでしょう。また国際政治の世界では、「戦争などによって人類は滅びるのではないか?」という意見もあります。

核兵器の理論を発見したのはアインシュタインです。そして第二次世界大戦は、広島、長崎への原爆投下によって終わりを迎えたこともあって、記者から「第三次世界大戦では、どんな武器が使用されると思いますか？」と質問されたことがあります。そして彼はこう答えました。

「第三次世界大戦でどんな武器が使用されるかは分からない。ただこれだけは断言できる。その次の戦争では、石とこん棒を使うことになるだろう」

つまりアインシュタインは、「もしも第三次世界大戦が起きれば、人類は文明を滅亡させて、再び原始時代からやり直すことになる」と述べたわけです。

ミツバチがいなくなり、花粉を運ばなくなったら人類が滅びるように、「当然あるべき何かが足りていない、だからおかしな時代となっている」という可能性もあるのではないでしょうか？「本来、あるべきものが人類から失われつつあるから、時代が狂い始めて、人類は滅びの危機を迎えている」、その可能性もあるのではないでしょうか？

もしもそうだとしたら、では時代を正すためには、一体何が必要なのでしょうか？

世界を襲うLGBTQの潮流

２０２１年１月３日、アメリカ議会において、民主党のエマニュエル・クリーバー議員は、スピーチの締めくくりに、「アーメン・アンド・アーウーマン」と発言して話題になりました。

英語の「メン」は、「人」を意味すると共に、「男」も意味するために、「男」だけを口にして「女性」を口にしないことは性差別だ、という彼の配慮だそうです。しかし「アーメン」はヘブライ語で、キリスト教などで使われる宗教用語です。意味としては「どうか、そのようにありますように～」と神に対する祈りの意味が込められており、けっして「男」という意味ではありません。

しかしそれでも英語で「メン」という言葉は、「男」も意味しているために、あえてその議員は「アーメン・アンド・アーウーマン」などと発言したわけです。

その他にも、「マンホール」という言葉も、「穴」を意味する「ホール」と「人」意味する「マン」が組み合わさった言葉ですが、「この呼び方も性差別ではないか？」と本当に問題視されており、「メンテナンスホール」と呼び変えようという動きがあります。日本のデパートや小学校などでも、すでに「男女共用トイレ」が次々に設置される時代となってきました。

こうした「性差別を無くそう」という動きから、すでに「お母さん」という言葉も差別的だ、という意見があります。かつては「看護婦」と呼んでいましたが、男性でも同じ職業に就く人がいるために、「看護師」と呼ぶようになり、「保母」が「保育士」となったように、実は「お母さん」という呼び方にも、その流れがあるわけです。

つまりゲイ同士やレズ同士で一緒に暮らして、子どもを育てている時代であるために、「お母さん」、「お父さん」とは呼ばず、「保護者」と呼ぶ流れが世界的にあるわけです。実際にフランスでは、２０１３年に「同性婚」が合法化されているために、「親１」「親２」と呼ぶようになっており、同様の流れはアメリカにもあります。

そしてこの流れは、すでに日本にも来ていて、２０１８年、千葉県千葉市は市職員や教職員に向けて、「性別を決めつける言動」を避けるように求めております。具体的には「夫」や「妻」という表現を、「配偶者」や「パートナー」に変え、「お父さん」と「お母さん」という言葉も、「保護者」と言い換えるように求める方針を決めました。

コンビニの『ファミリーマート』では２０１７年から、『お母さん食堂』というお惣菜ブランドを立ち上げてきました。しかしこの『お母さん食堂』という名前が、女性に対して無意識のうちに偏見を助長するとして、２０２１年に『お母さん食堂』は消滅しました。

そして「お母さん」という言葉のみならず、ついに「女性」という言葉さえ使うことをはばかる時代となりました。たとえば2020年5月、『デベックス（DEVEX）』というニュースサイトが、「生理のある人（女性の意）のために、コロナ後には、これまでよりも平等な世界を作る」と題して記事を書きました。つまりこのニュースサイトは、「性差別」に気を配って「女性」という言葉さえ使わず、あえて「生理のある人」という表現を使ったわけです。

これに対して、小説『ハリー・ポッター』の作者ジョアン・ローリングは、「生理のある人？　確かそういう意味の言葉が、かつてあったんじゃない？　思い出すの、誰か助けて。ウンベンだっけ？　ウインプン？　ウーマド？」などと、この記事を揶揄するツイートをしました。すると彼女に対して、「よくぞ言ってくれた！」ではなくて、「トランスジェンダー批判だ！」という批判が殺到して大炎上しました。『ハリー・ポッター』は2022年で20周年を迎え、映画に出演した役者たちで同窓会番組が報じられたのですが、しかしこの件が関係して、作者のジョアン・ローリングは呼ばれませんでした。

『東京オリンピック』では、元男のトランスジェンダー女性が重量挙げに出場しました。その他にも元男のトランスジェンダー女性たちは今、世界中で次々にスポーツ大会に出場して、他の女性たちに圧勝しています。その一方で、女子ボクシングの世界バンタム級王者エバニー・ブリッジスは、トランス女性と戦うことを拒否しており、その理由を「私の命が危険にさらされる」と述べています。

たとえば、アメリカのあるトランス女性の水泳選手は、大会に出場する度に優勝しています。しかもこの元男のトランス女性は、「自分はレズであり、女性に興奮する」と述べております。そのために他の女性水泳選手たちから、「一緒にロッカールームを使いたくない」と苦情が出ています。

実は、元男のトランスジェンダー女性の中には、「自分はレズである」と述べている人がかなりおります。そのために、女性用の更衣室やトイレを使用することがあるわけです。しかし現代は、そうした元男のトランスジェンダー・レズ女性に対して、何か批判的なことを言うと、言った側が「それは性差別だ！」と非難されることがあるわけです。

すでに日本の小学校、中学校の公教育では、道徳の授業さえない一方で、「ＬＧＢＴＱ」に対する理解を深めるための教育は始まっています。ですから日本の子どもたちは今、小学生の頃から「私はゲイです」、「私はレズです」、「私はバイです」と語る人々の映像を見て、何も分からない幼いうちから、同性愛について深く教えられています。

人類は今、ＬＧＢＴＱに対する「差別」を無くそうということで、「平等」を求めるあまり、「性」を語ることが憚られる時代になりました。それは結果的に、男が

「男らしさ」を失い、女性が「女性らしさ」を失っていく流れでもあります。

『旧約聖書』には、ソドムとゴモラという町が描かれております。この町は性的に乱れ、人々が同性愛にふけったために、神の怒りに触れて、天から硫黄と火が降り注いで、滅ぼされました。そして「ミツバチがいなくなったら人類が滅びる」と言われているように、人間が「男女というものはない、ただ生理のない人と生理のある人のみ存在する」という意識になったら、世の中は狂って、最終的には人類は滅びるかもしれません。

なぜなら「世界から差別を無くそう」ということは良いことですが、しかし「極端な平等」を求め過ぎたら、むしろ「自由」が失われて窮屈になっていくからです。そして人間には、確かに男として、女性として成すべきことがあるからです。

男として成すべきこと、女性として成すべきことを行っていく中に、「男らしさ」、「女性らしさ」というものもまたあると言えるでしょう。

受け継いできた男女の役割

では、男として成すべきこと、女性として成すべきこととは何でしょうか？

数年前の「母の日」に、ある一本の動画が、世界中で話題になったことがあります。

その動画とは「仕事の面接風景の動画」です。

その動画の中で、面接官の男性は淡々と仕事内容を、幾人かの就職希望者たちに伝えていきます。職種は現場総監督であり、勤務時間は基本的に24時間365日です。いつでも呼び出されれば仕事をしなければならず、場合によっては徹夜する日もあり、休憩はほとんど無し……。こんな苛酷な労働条件を聞かされて、多くの就職希望者たちは顔を青ざめさせたり、苛立ちを隠せなくなっていきます。

しかし面接官は、さらに厳しい表情で労働環境を淡々と伝えていきます。この仕事に必要な能力は、交渉力や交際力に加えて、医学、金融学、栄養学であり、複数のプロジェクトを同時に行わなければなりません。しかも頭脳も必要とするのみならず、立ち仕事が多いために体力もかなり使い、常に周りに注意を払う必要があります。しかも多くの人が休みとなる休日やクリスマス、正月の時は、さらに仕事が増えます。それればかりか昼食は、すべての同僚の後に食べなければならない……。こんな苛酷な仕事環境を聞かされて、もはや多くの就職希望者からは、笑みは完全に消えており、「早く面接終わらないかな？」と呆れ返っています。

そして面接官はこういいます。「しかも給料はゼロ円。しかしすでにこの仕事を担ってきた人は世界中に数十億人いる」と。就職希望者たちは、「はっ!?　こんな苛酷で、給料がゼロ？　なぜこんなバカげた仕事に、すでに何十億人が就いてきたの？」と驚きを隠せませんが、面接官は最後に言います。その仕事とは「お母さんです」と。

するとと多くの面接希望者がドッキリであったことに気づき、笑ったり、泣いたりしながら、「そうだウチのお母さんはそうだった」、「お母さんありがとう」と、次々と感謝の言葉をもらすのです。

この話をご紹介させて頂いた理由は、けっして「女性は家庭に閉じこもっていろ」と言いたいわけではなく、もちろん女性の中には、家庭の外でバリバリ働く人もいれば、家庭を守る人もおり、現代の女性には様々な選択肢があります。しかしたしかに人類は、遥かなる昔から、「女性としての役割」というものを脈々と受け継いできました。そしてそれは男もまったく同じです。

人類は、洋の東西を問わず「男らしさ」、「女性らしさ」というものを、語り合い、時には背中で語って、そして受け継いできたはずなのです。

日本人を育んできた武士道

あくまでも男女の価値は平等ですから、けっして私は、男を女性より上に見ているわけでも、女性を男の下に置きたいわけでもありません。また世の中には一部、「マイノリティー（少数派）」のＬＧＢＴＱの方々もおられますから、そうした方々の権利も守らなければならず、彼らを差別するつもりもまったくありません。

しかし「男」という生き物は、たしかに存在しております。そして私は男として生まれたので、「男らしさ」しか語れませんが、やはり日本人が「男らしさ」というものについて考える時、一つ「武士道」というものがあると言えると思います。

むしろ「武士道」と「日本の男らしさ」は、切っても切り離せない関係にあると思うのです。

では、武士道とは、果たして何でしょうか？

明治から大正、昭和にかけて世界的に活躍された日本人に、新渡戸稲造（にとべいなぞう）という方がおられました。彼は外国の教授と会話している際に、「それでは貴方の国には宗教教育は無いと、そうおっしゃるのですか？」と、そのように質問されました。そこで新渡戸は「ありません」と、きっぱりと答えました。

するとその外国の教授は、「宗教教育無しで、どうして人々に道徳を授けることができるのですか？　日本人は何を基準に物事の善悪を学んでいるのですか？」と驚き、少し怒り気味に言ったそうです。なぜなら外国では、キリスト教、イスラム教、ユダヤ教などが、人間に善悪を教えて道徳を与えてきたからです。

外国の方にそう問われて、それから新渡戸氏は、「自分たち日本人はどのようにして道徳を得て、何に基づいて物事の善悪を学んでいるのか」、それを考えてみました。

そして彼はやがて、「日本人には武士道教育がある」ということに気がつきました。

こうして彼は、日本人を外国の方々に理解してもらおうと、『Bushido：The Soul of Japan』、邦題『武士道：日本の魂』という書物を世に著したのです。

かつての日本において、男女を問わず日本人の心を育み、「男らしさ」、「女性らしさ」を日本人に教えてきたもの、それは「武士道」であったと言えるでしょう。

そして後ほど詳しく説明いたしますが、実はその武士道は、ある者たちによって、**確かに意図的に失わされてきた**のです。

同じ15歳でも異なる日本人

少し歴史を振り返るだけで、現代の日本の男たちと、かつての日本の男たちとでは、明らかに「生き様」が異なっていることが分かります。

たとえば織田信長が好んだと言われる幸若舞に『敦盛』というものがあります。

「人間（じんかん）五十年、下天（げてん）の内をくらぶれば夢幻（ゆめまぼろし）の如（ごと）くなり、一度生（ひとたびせい）を享（う）け、滅（めっ）せぬもののあるべきか」

源氏と平家が争っている『源平合戦』の中で、平敦盛が熊谷直実に首を討たれたのは、わずか15歳でした。熊谷直実自身も、息子を15歳で戦で亡くしていたことから、彼は世を儚んで出家し、仏道に入りました。そして彼がこの『敦盛』を詠んだのです。

また大石主税（ちから）が、父の大石内蔵助（くらのすけ）と共に忠義を貫き、吉良邸に討ち入りを果たし、切腹して果てたのも、やはりわずか15歳でした。彼は辞世の句で次のように詠んでいます。

「あふ時は　かたりつくすと　おもへども　わかれとなれば　のこる言の葉」

つまり当たり前のように毎日顔を合わせていた時には、もう十分に語り尽くしたと思っていたけれども、しかしいざ別れとなり、これを最後にもう会えないと思うと、胸がいっぱいとなり、言葉があふれ出してくる、それがなんとも心残りである、そう詠んで15歳にして大石主税は割腹して果てたわけです。

また幕末の橋本左内は、やはり15歳にして『啓発録』の中で「稚心を去れ」と述べています。「稚心」とは、幼稚な心のことです。つまり橋本左内は、弱冠15歳にして、「幼稚な心を捨てなさい」と述べたわけです。

私は今でもアーティストの尾崎豊が好きですが、しかし彼は『15の夜』や『卒業』という曲の中で、「盗んだバイクで走り出す」とか、「夜の校舎窓ガラス壊して回った」と歌っております。

さて、同じ「15歳」でも、この「違い」は一体何でしょうか?

実はこの「違い」を探っていくと、意図的に武士道が失わされてきた歴史が見えてくるのです。

かつての侍は始末に困った

では、武士道とは、どのようなものなのでしょうか。

幕末から明治にかけて、山岡鉄舟という侍がいました。

江戸時代において、倒幕側の西郷隆盛と幕府側の勝海舟が話し合いを行い、「江戸城の無血開城」が行われたわけですが、もしこの時に「無血開城」が行われなければ、江戸の町は火の海と化し、大勢の人々が命を落としていたと言われています。ですからこの「江戸城無血開城」は、歴史に遺る偉業なわけですが、この陰の立役者は山岡鉄舟だったと言われています。山岡鉄舟が、死を覚悟して、迫り来る大群の討幕軍をくぐり抜けて、西郷隆盛のもとに行ったからのです。

そのために西郷隆盛は、山岡鉄舟に対してこう述べました。

「命もいらず、名もいらず、官位も金もいらぬ人は、始末に困るものなり。この始末に困る人ならでは、艱難(かんなん)を共にして国家の大業は成し得られぬなり」

「始末の困る者」、それはお金とか、地位とか、名誉とか、そんなものにはまったく見向きもせず、「自己保身」など少しも考えない、それればかりか、信念のためなら簡単に命さえ投げ出せる、「自己保存欲」さえも持ち合わせていない侍のことです。

金銭や権力や名誉を求める者、あるいは自己保身のままに生きる者というのは、簡単に信念を曲げて、仲間を裏切ることだってあります。そのためにそうした欲深い人間は、どうしても信用できません。だから西郷隆盛は、「たとえ志が同じであっても、無欲で、かつ自己保存欲さえ持ち合わせていない、そんな信念の塊のような者でなければ、同志として一緒に戦うことはできない」と述べたわけです。

実際に、西郷隆盛と共に、「倒幕」という同じ志を持った坂本龍馬は、追われる身となり、金銭もろくに無くなって、西郷隆盛の嫁に、「使い古しでいいから褌をくれないか」と頼んだことがあります。その話を聞いた西郷隆盛は、「彼は天下国家のために奔走している人だから、新しいのを買って差し上げなさい」と言ったそうです。

その幕末の英雄である坂本龍馬も、よく人にこんなことを述べていたそうです。

「人は事を成すために生まれてきた。

しかしこんな時代だ。志半ばで命尽きることもあるかもしれない。

ならばたとえドブの中で命尽きようとも、前のめりで死んでいきたい」

このように、かつての日本人の中には、「始末に困る者たち」がたくさんいました。

人は「死に場所」は選べません。

ですから坂本龍馬が述べたように、もしかしたら誰かに殺されて、ドブの中で死ぬこともあるかもしれません。しかし人間は、自分の「生き様」ならば変えられます。

そして人は、己の「生き様」を変えていくことで、己の「死に様」も変えていけます。

幕末のような時代が移り変わる激動の時代であれば、もしかしたらドブの中で死ぬことだってあるかもしれません。しかしたとえ同じドブの中で死んでいこうとも、天下国家のために生きて死んでいくか、それとも私利私欲のためだけに生きて死んでいくか、たとえその「死に場所」はまったく同じであっても、その「死に様」は大きく異なるわけです。

実は古来より日本では、「死に様は生き様を映す鏡」とも言われてきました。すなわち私たち人間は、「生き様」次第で「死に様」ならば変えられるわけです。

そして日本人の「生き様」、「死に様」に大きな影響を与えていたもの、それが「武士道」でありました。

ですから日本人が、「男らしい生き様」ということを考える時、武士道を抜きに考えることはできないでしょう。武士道、そこに男として成すべきことがあります。そして男が、男として成すべきことを淡々と成していく中に、「真の男らしさ」というものもまたあると言えるでしょう。

腐敗する日本の社会

しかし武士道が失われたことで、「女性らしさ」、「男らしさ」も失われつつあります。そしてその結果、日本も生きづらい時代となっていると言えます。

たとえば日本という国は、この地球という星の中では、かなりまだ豊かなほうですが、しかし年々、餓死者が増えています。日本の2019年の栄養不足、食料不足による餓死者数は1957人でした。つまり現代の日本では、一日に5人以上が餓死しているわけです。

2007年7月10日、北九州で独り暮らしの52歳の男性が自宅で亡くなり、死後約1カ月たったとみられる状態で見つかりました。男性は生活保護を受けていましたが、4月に「受給廃止」となり、日記には「おにぎり食べたい」と書かれてありました。「生きたい」と思いつつも、生きられない人がいる一方で、日本の若者の死因の第一位は自殺です。子どもの自殺、女性の自殺は過去最多を更新しているというのに、しかしなぜか日本全体の自殺者数は減っております。実は現在の日本では、「自殺」と断定できない場合、「変死」にされており、日本の年間の変死者数は約15万人です。

実は、駅のホームなどで突発的に自殺する人が大勢おります。そのために都心の駅のホームでは、「飛び込み防止柵」が作られました。しかし突発的に自殺しながら、遺書が無く「自殺」と断定できない場合、「自殺」とはカウントされず、「変死」にされることがあるわけです。

結婚できない派遣社員は増え続け、生涯を通じて子どもを持てない男性は約4割に達しました。そうした「生涯無子」の男性は、間もなく二人に一人になるそうです。

お金がたくさんあっても、殺伐とした家庭の中で孤独を抱えている人はいます。しかし一方で、家庭が貧し過ぎるために生活が困難で、不安を抱えている人もいます。しかしたとえ少し経済的に貧しい家庭でも、孤独も不安もそれほど抱えておらず、温かい家庭の中で幸せに暮らす人もいます。しかし家庭を持てない、子どもを持てない人が激増しているのです。

日本の一世帯当たりの収入は、80年代と比べて増えていないのに、共働き世帯が増えているために、一人当たりの収入は確実に減っています。しかしなぜか大学の入学金や授業料だけは右肩上がりで続いてきました。しかもせっかく大学を卒業しても、正社員になれないこともあるため、奨学金を返済できない人も増えています。そのために大学卒業をあきらめる学生もいれば、体を売って学費を稼ぐ女性も増えております。

一方で、ホストクラブにはまる「ホス狂い」の女性が激増しており、そうした女性の中には、新宿歌舞伎町の裏にある大久保公園付近に立ち、いわゆる「立ちんぼ」として体を売っている人もいます。宇都宮直子さんが書かれた『ホス狂い～歌舞伎町ネバーランドで女たちは今日も踊る～』という書籍によれば、今や歌舞伎町全体が徐々にホストクラブ化しているそうです。

『TOHOシネマズ新宿』の脇には、「ぴえん系」と言われる少年少女たちがたむろし、「トー横キッズ」として社会問題となっております。佐々木チワワさんが書かれた『「ぴえん」という病　SNS世代の消費と承認』によれば、孤独を抱えた少年少女たちが今、日本中から新宿歌舞伎町に集まってきているそうです。そんな彼らの中で、18歳の男性と14歳の少女のカップルが、ホテルの屋上から飛び降り自殺しました。しかも自殺した男性が2時間前にあげたツイートには、「○○ちゃんと付き合っちゃうかもしれない」と書かれてありました。つまりこの二人は「トー横」で知り会っていたものの、しかし付き合ってはおらず、付き合ってからわずか2時間で心中自殺したわけです。

この自殺から後追い自殺も何回か起きましたが、ホス狂い女性の自殺も増えており、「人が上から降ってくるかもしれない」と言われているビルもあります。あるいは女性客によってホストが刺される事件も度々、起きております。しかし「ルッキズム（外見至上主義）」ともいえるネット民たちは、そのホストを刺した女性が美人であったことから、「私もああなりたい」と彼女を褒めたたえる一面さえありました。

警察がいくら摘発しても、摘発しても、相変わらず「オレオレ詐欺」が無くならない一方で、現職の警察官で初めて内部告発を行った仙波敏郎さんによれば、日本全国の多くの警察官が裏金造りに加担しているそうです。そうした税金によって作られた数百万の裏金が、警察署の署長の懐にキャッシュで入っているそうです。

溝口敦という方が書かれた『パチンコ「30兆円の闇」』によれば、腐敗した警察組織の中でも、特に高級官僚たちは、利権があふれているパチンコ業界に天下りしているといいます。また、「パチンコ店の許認可権」は、地域の所轄警察署にあるために、署長クラスになると裏金とは別に、パチンコ店から賄賂も貰っているために、自分名義ではない家を持っていることも少なくないそうです。ギャンブル依存症で破産する人は後を絶たないというのに、いよいよ日本の政府は、カジノを合法化する流れにあります。参入してくるカジノの企業は外国の企業であるために、日本人がカジノにはまればはまるほど、日本のお金が海外に流れて、日本は全体的に貧しくなっていきます。

こんな殺伐とした時代ですから、「せめて裁判官くらいは聖職者として仕事を遂行して欲しい」と願いたくなるものですが、しかし元判事の生田暉雄さんによれば、「まったく裁判官は聖職ではなく、むしろ質の悪いサラリーマン」、「判事は事件の善悪を見ているのではなく、まるでヒラメのように最高裁の顔色ばかり窺って判決を下しており、冤罪なんかたまったものではない」と語ります。この「ヒラメ裁判官」ということについては、元判事の瀬木比呂志さんも、『絶望の裁判所』等の書籍の中で、まったく同様のことを述べております。彼も日本の司法に対して、「中世並み」、「冤罪をテーマにした『それでも僕はやっていない』という映画がありましたが、ああしたことは誰にでも起こりうる」と述べております。

明らかに時代はおかしいわけです。そして今、ＬＧＢＴＱの潮流が迫っており、「男らしさ」、「女性らしさ」が失われ、さらにそのおかしさのレベルが上がろうとしているわけです。

ならば今こそ私たちは、日本人の心を育み、「男らしさ」、「女性らしさ」を伝えてきた武士道を思い出すべきではないでしょうか。

日本人と武士道

武士道が開花させた大和魂

かつての日本人は、男女を問わず武士道という学問を通じて、「人間としてあるべき姿」を学んできたわけですが、その学問の結果、得ていたもの、それが「武士道精神」であり、また「大和魂」と呼ばれてきたものです。

今、多くの日本人が「大和魂」というこの言葉を、まるで軍国主義や国粋主義か何かと同じものと考えています。しかし『源氏物語』にはこうあります。

「猶、才を本としてこそ、大和魂の世に用ゐらるる方も、強う侍らめ」

つまり『源氏物語』の作者紫式部は、我が子をどの様に育てたら良いのか悩んでいる主人公の光源氏が、均整の取れた調和的な心を身に付けさせてあげたいとして、その心のことを「大和魂」という言葉で表現しているわけです。あるいは『後拾遺和歌集』で使われている「大和心」も、やはり「軍国主義」などとは、まったく違う使われ方をしております。

かつて日本という国が「大和の国」と呼ばれ、聖徳太子が『十七条憲法』の中で「和を以て貴しと為し」と述べられたように、「平和」とか、「大いなる調和」を重んじる心、それが本当の大和心、もしくは大和魂です。

日本は非常に調和を大切にするために、戦前まで日本では「わたし」という言葉を、「多くの志を和する己」という意味から、「和多志」と表記することもありました。すなわち、かつて和の国・日本において、「わたし」という言葉そのものの中に、個人主義的な意味合いではなく、むしろ調和的な意味合いが含まれていたわけです。

先の大戦で日本は敗れましたが、日本にやってきたＧＨＱは、７０００冊以上もの日本の書物を焚書しました。焚書とは、書物の焼却によって文化的、歴史的、宗教的に資料を破壊する行為のことです。その焚書された書物の中には、とりわけ重要な一冊がありました。

それは四国・大山祇神社の宮司である三島敦雄氏が記された、『天孫人種六千年史の研究』という書物です。この書物は戦前の日本では、１００万部近いベストセラーとなり、陸軍士官学校の課外読本にも採用されていました。

　この抹殺された『天孫人種六千年史の研究』によれば、「日本は古代において、多民族国家であった」ということが記されていました。今でも「１００万部」といえばベストセラーですが、しかし当時の日本の人口が約７０００万人であったこと、そして日本の軍人たちの多くが、この本を読んでいたことを考えると、当時の日本の知識人たちの間では、「日本はもともと多民族国家であった」ということは、当然の常識であった可能性があります。

　聖徳太子の仏教の師匠である慧慈（えじ）は、朝鮮半島の高句麗から渡来した僧侶ですし、また奈良の大仏の建立で活躍された行基菩薩も朝鮮半島の百済に起源を持ち、日本に仏教を広めた鑑真も中国大陸の唐から来ました。その他にも秦の始皇帝の命を受けて日本にやって来た徐福も、あるいは『日本書紀』にも記されている秦氏も、やはり渡来人です。北海道にはアイヌ民族がおり、沖縄には琉球民族がいたように、日本という国は、様々な地域と文化交流を重ねてきた多民族国家でありながら、共に「日本人」という一つのアイデンティティを持って、「和の心」でもって調和を求めながら生き、歴史を築いてきたわけです。

　その調和を求める心が大和魂であり、かつて日本は「大和の国」と呼ばれ、日本人も自らのことを「和人（わじん）」と称し、また「大和の民（やまとのたみ）」とも呼ばれてきましたが、日本人は大和魂で一つになってきたのです。

そして幕末の女流歌人で、志士たちのカリスマ的存在であり、母のような存在でもあった女性に野村望東尼（のむらぼうとうに）という方がおり、彼女は次のように詠みました。

「誰（た）が身にも　ありとは知（し）らで　惑（まど）ふめり　神のかたみの　やまとだましひ」

つまり野村望東尼という方は、「本人は知らずとも、誰の心の中にも神の形見のように必ず大和魂が備わっている」、そう述べたわけです。

神の形見のように、誰の胸の内にもある調和的な心・大和魂を開花させていたもの、それが武士道であったわけです。

夜明けを夢見る大和心

では、真の大和魂とは如何（いか）なるものなのでしょうか。

かつてこの国に「幕末（ばくまつ）」と呼ばれる激動の時代がありましたが、あえてその時代をたとえに使って、「大和魂」というものを、ここでは少しだけ説明してみたく思います。

当時の日本は、「藩（はん）」と呼ばれる個々の国が立ち並び、「身分」による格差があり、人間が持っている底力、個性や能力を思う存分に発揮することはできませんでした。

なぜなら当時はまだ、封建社会と言って、才能や努力より「身分」や「家柄」があらゆることを決めていたからです。

たとえば「自由恋愛」なんてものは存在せず、もしも女性として高い身分に生まれたら、お姫様として扱われて、同じくらいの身分の好きでもない男性のところへ嫁いでいかなければなりません。その一方で、もしも貧しい家に生まれたら、借金のために遊郭「吉原」で働き、好きでもない男の相手をしなければならないこともあり、逃げ出すこともできず、梅毒にかかって死んでしまうことも非常に多くありました。

個人の才能や努力を存分に発揮できない時代ですから、国全体が栄えることもなく貧しいために、今と比べれば何ともおもしろくない時代です。

そんな時代に、アメリカからマシュー・ペリー提督が黒船４隻を率いてやってきました。

日本側は、ペリーに対して、「我が国は、我が国の法律によって鎖国中である。しかし長崎は開港している。だからどうか長崎に行ってもらいたい」と告げました。するとアメリカ側は、「私たちは、私たちの国の法律を尊重することを知っています。日本の法律は知りません」などと傲慢なことを述べて、大砲で脅して江戸湾を開港するように求めてきました。

しかもそのペリーは、日本にやってくる前、日本に対して日記にこう記しています。

「特異で半ば野蛮な一国民を、文明諸国民の家族の中に組み入れようという、我々の当面の試みが、流血の惨事なしに成功できるようにと、神に祈るものである（『ペリー日本遠征日記』）

ペリー艦隊の黒船の全長は78ｍですから、当時からすれば大きかったかもしれませんが、しかしその後、日本が造る戦艦大和の全長263ｍに比べたら3分の1以下です。

またたしかにペリー艦隊の主砲の射程距離も3㎞ほどであり、軍艦4隻だけで3倍を超える軍事力であったことは間違いありません。しかし戦というものは、最後は上陸戦です。アメリカが日本侵略を望んでいるのならば、最後は日本に上陸し、日本人を黙らせて占領し、自分たちの国旗を立てなければなりません。たとえ黒船4隻の乗員すべてが戦闘員だったとしても、おそらく1000人くらいでした。

その一方で、当時の日本には、日々、精神と剣術と肉体を鍛錬し、なおかつ命さえ惜しまない者があふれかえっていました。ですからもしも上陸戦になれば、日本側が有利なことは間違いありません。このペリー来航時点で、アメリカが日本を占領することなど不可能だったのです。

しかし江戸幕府は弱腰で、天皇陛下の許しである「勅許」を得ずに、「日米修好通商条約」という不平等な条約を勝手に結んでしまいました。この条約は外国人が日本で罪を犯しても、日本の法律では取り締まれず、また外国製品に対して税金をかけることもできません。

たとえば1886年、横浜港から神戸港に向けて、日本人乗客25人を乗せたイギリスの貨物船ノルマントン号が出航しました。しかし航海の途中、その船は暗礁に乗り上げて、船底に穴が開き、沈没してしまいました。

しかしイギリス人の船長と乗組員は、日本人の乗客を救助することなく、置き去りにしたのです。そのために日本人乗客25人は全員が亡くなり、一方で船長と乗組員の26人は救命ボートで助かりました。

船長の言い分は、「日本人に、ボートに乗るように勧めたが、彼らは英語が分からず、これに応じなかった」というものでした。しかし当時の日本の新聞も、「いくら英語が分からない日本人でも、船が暗礁に乗り上げ、浸水し、沈没する状況を見て、船長や乗組員が身振り、手振りで伝えれば、理解できたはずだ」と報じました。しかし幕府が結んだ不平等な条約によって、日本側には裁判権が無いために、船長たちは微罪で済みました。

また江戸幕府が「関税の撤廃」を許したおかげで、どんどん日本のお金が海外に流れていく一方、安い外国製品が入ってくることで日本製品が売れなくなり、失業者が増えたりもしました。

つまりアメリカに脅かされて幕府が結んでしまった「日米修好通商条約」とは、

「領事裁判権」と「関税自主権」の喪失という意味において、かなり日本にとって不平等な条約であったわけです。

そのままでは日本も、隣の清国のように欧米列強によって、植民地にされてしまうことは、先見性のある侍たちの目には、もはや歴然でした。清はイギリスとの「アヘン戦争」に敗れたことで、人々は白人たちに牛馬のごとく扱われ、街には『犬と支那人は入るべからず』という看板さえ掲げてありました。

そうした時代の中で、日本の夜明けを夢みて、「江戸幕府を倒そう」と立ち上がった人々がいたわけです。この時代にも、多くの方々が生きていました。たとえば、「芸」の道に生きる歌舞伎役者や噺家もいました。今で言えば芸能人でしょう。あるいは「技」に生きる相撲取りもおり、今でいえばスポーツ選手と言えるでしょう。もしくは「渡世」に生きる清水次郎長や黒駒勝蔵などもいれば、「武」の道に生きる武道家もいました。

その他にも幕府を守ろうと立ち上がった方々もいました。彼らは、「江戸幕府を倒そう」と考えている勢力と命をかけて戦いました。有名なところでは「新撰組」です。彼らがその時代の秩序と調和を守るために戦ったことを考えると、彼らもそれなりに「和」に生きたと言えます。

しかし一方で、欧米列強の侵略から日本を守るために、弱腰な江戸幕府を倒すと共に、不自由なおもしろくない時代を打破して、「身分」や「家柄」ではなく、努力した者は報われる豊かで強い日本を創ろうと立ち上がった方々がいたのです。それが吉田松陰や坂本龍馬や西郷隆盛などです。

幕府を守らんとする勢力が、「和を守ろう」と生きたとするならば、「和を一度打ち崩して、新たなより大きな和を創り出し、素晴らしい時代を切り拓こう」と闘った方々は、当然ながら「和」に生きたのではありません。

彼らが生きたもの、それこそ「大きな和」、つまりは「大和（やまと）」です。すなわち「和」を何よりも貴むがゆえに、「小さな和」を打ち崩してでも、「より大きな和」を打ち立てようと、常に大調和を求め続ける心、これこそが日本古来より伝わる「大和の心」なのです。

おもしろき世を築く明るい心

目の前の秩序が倒れていく時、何が正義で、何が悪なのか分からなくなることがあります。しかしその正義を見抜く智慧（ちえ）を持って決断し、勇気をもって行動し、より多くの人々が幸せに暮らせる時代を築き上げていく仁の心、それが大和の心であり、これこそがかつて「大和の国」と呼ばれた日本の心なのです。

「仁」とは、礼儀や礼節を大切にしつつも、「優しさ」と「勇ましさ」の両方を兼ね備えた心のことです。儒教の『論語』にはこうあります。

「仁者は必ず勇あり。勇者は必ずしも仁あらず」

つまり仁の心を持つ者は必ず勇ましい心を持っているが、しかしたとえ勇ましい心を持っていたからといって、必ずしも仁を持っているとは限らない、ということです。

「大調和を求め続ける優しくも勇ましい心」、これこそが「真秀ろば」とも称されてきた美し国、日本の精神なわけです。

とにかく「秩序」と「調和」を守るところにこそ、「正義」があるように思われがちであり、「秩序」や「調和」を破壊することが「悪」であると、そのように考えられがちです。

しかし「調和」とは、「停滞」を意味するものではありません。

なぜなら「秩序」を創造的に破壊することによって、より大きな調和が生み出されることもあるからです。

ただし「大和魂」とは、テロリスト的な暗い心でもありません。

たとえばカール・マルクスは、「理想を実現するためには手段として暴力も仕方がない」という革命思想を説きました。

しかし「理想」というものは、永遠に存在し続けます。

そのために、それでは暴力の連鎖になってしまいます。

実際にマルクスの思想によって建国された国は、どこもかしこも暴力的な独裁国家になってしまいました。マルクス思想に染まった中国の毛沢東も、「革命は銃口から生まれる」と説きました。そのために結局、毛沢東は暴力革命を行い、粛清に継ぐ粛清の結果、数千万人もの自国民を殺害しました。

大和魂は、こうした暴力的革命思想とは、一線を画するものです。あくまでも大和心、大和魂と呼ばれるものは、暴力を肯定する心ではなく、「大いなる調和を築かん」という理想と共に、手段も調和的でなければならないわけです。

幕末の志士である高杉晋作は、辞世の句として、こう詠みました。

「おもしろき　こともなき世を　おもしろく」

そして野村望東尼は、この高杉晋作の辞世の句に下の句をつけて、こう詠みました。

「住みなすものは　心なりけり」

高杉晋作は、つまらない時代をおもしろい時代へと変えていかねばならない、と述べました。しかし野村望東尼は、それは誰の心の中にも神の形見としてある大和魂であると、そのように述べているようにも思えます。

時代を次の時代へと進ませるべく、少しでもおもしろい世を夢見て、時代の夜明けを求める明るい心、それが大和魂です。そしてその精神を開花させていたのが武士道です。そしてこの武士道こそ、男女を問わず日本人の心を育んできた学問であり、日本人が「男らしさ」や「女性らしさ」を学んできたものでもあったわけです。

大和魂を授けていた武士道

では、武士道とは、具体的にいかなるものなのでしょうか。

西郷隆盛から「始末に困る者」と言われた山岡鉄舟は、次のように述べています。

「武士道とは神道にあらず、儒道にあらず、仏道にあらず、武士道とは神儒仏、三道融和の道念」

さて、この言葉は、果たして何を意味しているのでしょうか？

たとえば儒教の祖である孔子はこう述べました。

「朝に道を聞かば夕に死すとも可なり」

古来より人類は、「人間としての正しい生き方」に対して、「道」と呼んできました。

つまり孔子という方は、明日の朝に人間として生きるべき正しい生き方を知り、そして自分がその生き方を体得することができたのならば、私はその日の夕方に死んでしまっても構わない、そう述べたわけです。これは「命を粗末に扱っている」という意味ではなく、「自分はそれだけ道を求める情熱がある」ということを表しているわけです。

「剣道」や「茶道」などに「道」がという言葉がついているのは、「剣」や「茶」を極めんとすると共に、やはり「剣」や「茶」を通じて、人生に対する学びを深め、「より人間として成長していこう」という想いが、その中に込められているからです。そして「道を求めて学ぼうとする想い」のこと、「求道心」とか、「道念」と言います。

つまり山岡鉄舟という侍は、「武士道とは、日本独自の宗教である神道そのものでもなければ、中国発祥の儒教そのものでもなければ、あるいはインドやネパールで興った仏教そのものでもない。武士道というものは、これら三つの神道、儒教、仏教が融和したものであり、これらを学ばんとする求道心の先にあるもの、それが真の武士道なのである」、そう述べたわけです。

ユダヤ教、キリスト教、イスラム教は、ルーツをたどるとアブラハムという先祖にたどり着き、同じ一つの神を信仰していることから、「アブラハムの兄弟宗教」と呼ばれることがあります。しかしこれら三つの宗教は、「兄弟宗教」でありながら、今なお争っております。

しかしこの和を重んじる大和の国において、神道、儒教、仏教というこれら三つの異なる宗教は、奇跡的な融和を実現させることによって、「武士道」というものを完成させたのです。具体的に言うならば、神道と儒教は「儒家神道」として一体となり、神道と仏教は「神仏習合」という形で一体となり、こうして「和の心」を大切にする神道が接着剤になるが如く、神儒仏の融和が奇跡的に実現したことで、「武士道」というものが完成したわけです。

実は新渡戸氏も『武士道：日本の魂』という書物の中で、やはり「武士道は仏教、儒教、神道の影響を受けて形成されている」という答えを導き出しており、山岡鉄舟と似た結論に至っております。

武士道、これこそが日本人に「男らしさ」、「女性らしさ」を学ばせてきました。

そして日本国内も、世界全体も狂い始め、第三次世界大戦の噂さえある滅びの危機を迎えた時代だからこそ、やはり人類は今一度、「男らしさ」、「女性らしさ」について、考えてみるべきなのです。

だからこそ私は、男として生まれたために、「男らしさ」、そして「武士道」というものについて語っていきたいと思います。「女性らしさ」のほうは、どうか女性の方にお願いいたします。

もちろん私が語る「男らしさ」が、完全で、完璧で１００％であるなどとは、少しも思っていません。しかしながら、「微力ながらなんとかしたい」という想いから、言葉を綴っていきたいと思います。

まず第一章では、武士道が失われてきた経緯、そして第二章で武士道について説きたいと思います。

第一章

敵に塩を送る心

甲斐の虎と越後の龍

では、なぜ武士道は失われ、大和魂は眠り続けているのでしょうか？

現時点では「信じられない」と思うでしょうが、実は先の大戦で日本は敗れ、そしてアメリカは、日本人ならば到底、考えられないことを私たち日本人に対して行ったのです。それは表現を変えれば、日本人の思想とは、まったく正反対のことが、私たち日本人に対して行われたと言えるでしょう。

アメリカがかつて敵であった日本に対して、果たして何を行ってきたのかを説明する前に、日本ならば敵である国に対してどう接するのか、まずはそちらを説明したいと思います。

たとえばかつての戦国乱世、武田信玄は敵対関係にあった今川家から、領内に塩を持ち込むことを封鎖されてしまいました。海の無い武田からすれば、これは死活問題でした。ある程度の貯えがあったものの、それも乏しくなると領民たちは窮地に追い込まれました。

その話を聞いた上杉謙信は、武田信玄とは熾烈な闘いを何度も繰り広げ、「甲斐の虎」「越後の龍」と呼ばれ、戦国史上最大のライバル関係にあったにもかかわらず、武田信玄に次のような手紙を送りました。

「闘いは弓矢でするものであり、米や塩でするものにあらず。

正面から闘う事ができないといって塩を差し止めるとは卑怯千万な行為。

武士の恥。

我は何度でも運を天に任せて貴方と闘い、決着をつけようと思っている。

宿敵とは全力で闘いたい故に、必要な分だけ塩をなんとしても送り届けましょう」

戦国最強の上杉謙信も武田信玄も、けっして慣れ合いをしたのではありません。生死をかけて戦をしていました。計5回によって行われた「川中島の合戦」は、戦国史上まれに見る死傷者を出す激戦であり、まさに互いに二勝二敗一引き分けと言える結果でした。

しかし日本には、「敵に塩を送ることを誉れとする心」がありました。それが武士道、そして侍精神でした。たしかに戦国時代ですから、やはり「弱肉強食」の面はありましたが、しかしやはりそれでも「切磋琢磨」の面もあったわけです。

　また武田信玄も後年、遺言の中で次のようなことを言っています。

「謙信は義の人である。未だかつてあの様な勇猛な武将を私は見たことがない。だから彼とことを構えてはならぬ。謙信は『頼む』とさえ言えば必ず援助してくれる。断る様なことは決してしない男だ。この信玄は大人気もなく謙信に頼らなかったばかりに一生、彼と闘うことになってしまったが、甲斐の国を保つには謙信と和睦して彼の力にすがるほかあるまい」

　実際に武田信玄の息子の勝頼は、「戦国最強」と誉れ高い武田騎馬隊を率いておきながらも、織田信長の鉄砲隊の前にあっけなく敗れ、この大敗北をキッカケに武田家は滅びております。しかしその一方で、上杉謙信は「手取川の合戦」において、織田軍の鉄砲隊を火縄銃の最大の弱点である雨や川といった水を使って、簡単に打ち破っております。上杉謙信は「織田軍は強くない」と述べたと言われております。恐れをなした信長は謙信に和睦を申し入れています。

　上杉家は謙信公の亡き後、江戸時代になっても存続しました。ですからもしも実際に、武田勝頼が上杉謙信をもっと頼っていれば、武田家は滅びなかったかもしれません。

乃木将軍とステッセル将軍の友情

現代の日本人が大きく誤解していることは、「明治維新によって侍はいなくなった」と考えていることです。

実際はそうではなく、むしろ明治以降、公教育が始まることで、広く武士道教育がより多くの日本人に行われ、大和魂を開花させた日本人は増えていったのです。ですからハリウッド映画の『ラストサムライ』は、タイトルからして間違っております。

明治以降にも日本に武士道があり、侍がいたその証拠はたくさんあります。たとえば日本がロシアとの戦争に勝利した「日露戦争」の時に活躍された方に、乃木希典という侍がいました。激闘の末、日本軍は旅順要塞を攻略することができました。そして1905年、旅順要塞司令官・ステッセル中将との会見が行われることになりました。

歴史に名高い「水師営の会見」です。この際に、アメリカ人の映画技師が、歴史的勝利でもあるこの会見の様子を、どうしても映像に収めたいと要望しました。当時は、「白人が優れており、有色人種は劣っている」という激しい人種差別の時代であり、「有色人種の日本人が、大国ロシアに勝てるはずがない」と考えられていました。ですから乃木将軍の旅順陥落は、歴史的に見て偉業であったのです。

しかし乃木将軍は、「敵将にとって後世まで恥が残る写真を撮らせることは、日本の武士道が許さない」と口にして、アメリカ人技師の要望を認めず、副官を通じて丁重に断りました。ところがアメリカ以外の記者たちも、写真撮影の許可を求めて、なかなか引き下がりませんでした。

そこで乃木将軍は、「ならば会見の後、我々がすでに友人となって同列に並んだところならば、一枚だけ撮影を許可しよう」と答えました。その言葉通り、会見終了後の写真には、乃木・ステッセル両将が肩を並べて座り、両軍の幕僚たちも、まるで友人同士のように居並んで写りました。

しかも乃木将軍はこの時、ステッセル将軍たちに帯剣を許したのです。

「帯刀を許す」、これは世界の常識ではあり得ないことでした。

勝者が敗者のことを思いやり、互いの栄誉を称え合ったわけです。外国人記者たちは、日本の武士道精神に深く感動し、この時の電文と写真は世界中に配信され、世界中を驚かせました。

一人の侍の英断が、日本の武士道精神を世界に知らしめたのです。

しかも会見の場所となった建物の壁には、銃撃戦の弾痕があったために、新聞紙を貼ってその弾痕を隠したのですが、しかし会見前に下見した乃木将軍は、ロシア敗戦の記事が貼られていることを気遣い、わざわざ新聞を白く塗りつぶすように部下に指示していました。

「敵とて思いやる」、これが武士道です。

激闘の中で、乃木将軍は二人の息子を失っていたために、会見の中でステッセル将軍はそのことについて同情されました。すると乃木将軍は、「私の家は侍の家なので、二人の息子も晴れの死に場所を得て喜んでいるはずです」と、静かに笑って答えたといいます。

この言葉を受けて、ステッセル将軍は、「日本の将兵の勇敢な理由が今やっとわかりました。閣下のような名将がいればこそです」と驚かれたそうです。

ステッセル将軍は、ロシアに帰国すると軍法会議にかけられ、死刑の判決がくだされました。しかし乃木将軍は、知人を通じてパリ、ロンドン、ベルリンの新聞社に、いかにステッセル将軍が勇猛果敢に戦ったかを伝えさせることに成功しました。こうしたこともあってステッセル将軍は、なんとか死刑は免れて流罪となり、農村で余生を送ることになりました。

しかし軍人としての職を奪われたのですから、彼と家族は生活に困窮しました。すると乃木将軍は、あえて自分の名前を伏せて、自身が死ぬまで生活費を送り続けたのです。ステッセル将軍からは、乃木将軍にピアノが贈られ、その美しいピアノは今も金沢学院大学に飾られてあります。

「優(やさ)しい」という言葉と「優(すぐ)れる」という言葉が、同じ「優(ゆう)」の文字で書き表されるように、「優しいことは優れたることであり、人間として優れていることとは優しいことである」、この真理を古来より日本人は知っておりました。仁者とは優しき勇者なのです。そして武士道によって開花する大和魂とは、やはり強くて優しい精神なわけです。

男は肉体的に見て女性よりも強い生き物なのですから、「優しくなければ男じゃない」、そう表現することもできるでしょう。

海の武士道

「敵に塩を送る侍の心」は、和服から洋服になって近代化を果たしても、決して失われることはなく、先の大戦中においても発揮されました。つまり、「たしかに先の大戦までは日本には多くの侍がいた」ということです。

第二次大戦中の１９４２年2月28日、当時の戦況はまだ日本が優位であり、ジャワ島北東部のスラバヤ沖にて、日本海軍はイギリス海軍に猛攻撃を仕掛けました。そのためにイギリスの船は炎上して海の中に沈み、４００名以上のイギリス兵は命からがら救命ボートで脱出しました。

しかしすべてのイギリス兵が救命ボートに乗れるわけではなく、海の中をさまよわなければならず、それはまさに地獄でした。船から漏れた重油が目に入り、多くのイギリス兵は目が見えなくなってしまったのです。漂流から20時間以上もの長い時間が経ち、生存の限界に達していた時、彼らの前に現れたのは日本海軍の船『雷（いかずち）』でした。

突然、目の前に敵が現れたのですから、漂流していたイギリス兵たちは死を覚悟しました。イギリス兵の漂流者は４００名、『雷』の乗組員は２２０名です。武器や食料を抜きに人数だけを考えれば、日本兵に比べてイギリス兵の数は実に約二倍でした。

しかし『雷』の工藤俊作艦長は言いました。

「敵とて人間。弱っている敵を助けずしてフェアな戦いはできない。
・・・それが武士道」

この工藤艦長の言葉のもとに、「世紀の救助劇」が始まりました。船の甲板から海に縄梯子（なわばしご）をおろしても、すでに衰弱し切っていたイギリス兵の大半が自力では上がれませんでした。

すると工藤艦長は「一番砲だけ残し、総員、敵溺者（てきできしゃ）を救助せよ！」、「漂流者（ひょうりゅうしゃ）は一人も見逃すな」と命令しました。侍たちは敵であるイギリス兵を助けるために、次々と海の中に飛び込み、溺れている漂流者を船の上にあげました。彼らは甲板に上げられ、そして戦時中、とても貴重であった水や食料が惜しみなく与えられました。こうして４２２名の漂流者は助かったのです。

そして工藤艦長は、イギリス兵に対して流暢な英語でこう言いました。

「You have fought bravely.（諸官は勇敢に戦われた）Now, you are the guests of Imperial Japanese Navy.（諸官は日本帝国海軍の名誉あるゲストである）」

翌日、イギリス兵たちは日本の病院船に引き渡されました。幕末において、「貨物船ノルマントン号」が沈没した際、イギリス人の船長と乗組員は、戦争しているわけでもないのに、日本人乗客25人を助けることなく見殺しにして、自分たちだけ助かりましたが、しかし日本人は戦時中でも、「敵とて人間」と考えてイギリス人を助けたのです。

この時、助けられたイギリス海軍のフォール氏は戦後、外交官として活躍され、晩年の1996年、人生を振り返って一冊の本にしました。そのタイトルは『マイ・ラッキー・ライフ』であり、1ページ目にはこう記されてあります。

「私を救ってくれた日本帝国海軍の工藤俊作中佐に捧げる」

欧米にも、騎士道を歩まれる青い瞳のサムライはおられます。

しかしこの話で、とても重要なことは、工藤艦長がイギリス兵を助ける際に、「弱っている敵を助けずしてフェアな戦いはできない。それが武士道」と述べたことです。つまり「先の大戦まで、たしかに意識的に『武士道』という言葉を使い、『武士道』を歩んでいるという意識を持った日本人たちがいた」、ということです。

日本人と欧米人との違い

日本の常識は世界と違う

イングランドの名門サッカークラブで長年、監督を務められ、『名古屋グランパスエイト』の監督としても活躍されたアーセン・ベンゲル氏は、私たち日本人に対して、次のように述べています。

「日本人はヨーロッパを美しく誤解している。しかし実際のヨーロッパは全然違う。日本が東京のような大都会とすれば、ヨーロッパはアフリカのサバンナのようなところだ。

治安が悪いのはもちろんのこと、日本人と比較すればヨーロッパ人の民度は恐ろしく低く、日本では当たり前に通用する善意や思いやりはまったく通じない。隙あらばだまそうとする奴ばかりだ。

日本と違い階級社会であるため、会話の全く通じない無知な愚か者も多い。

私は、時々、欧州事情に疎い日本人が欧州に行ったら、精神に異常を来たしてしまうのではないか？　と心配することがよくある。欧州について何も知らない日本人が欧州に移り住むというのは、都会の快適な場所に住んでいる人間を、ライオンがうようよいるアフリカのサバンナに丸裸で放り込むのと変わらないだろう。悲惨な結果になるのは目に見えている。

日本ほど素晴らしい国は、世界中のどこにもないだろう。これは私の確信であり事実だ。

問題は、日本の素晴らしさ・突出したレベルの高さについて、日本人自身がまったく分かっていないことだ。

おかしな話だが、日本人は本気で、日本はダメな国と思っている。最初は冗談で言っているのかと思ったが、本気と分かって心底驚いた記憶がある。

信じられるかい？　こんな理想的な素晴らしい国を築いたというのに、誇ることすらしない。本当に奇妙な人たちだ。しかし我々欧州の人間から見ると、日本の現実は奇跡にしか思えないのである」

この言葉にもありますように、私たち日本人は、ヨーロッパを美しく誤解しており、そして実は日本は素晴らしい国なのに、そのことに日本人が気がついていない、という問題があるのです。

日本は島国であるために、海が壁となって外国の脅威から守ってくれました。地理学と政治学を合成したものを「地政学」と言います。つまり日本は地政学的に恵まれていたわけです。そのために日本人は、「差別」とは、あまり縁の無い歴史を歩んできたわけです。

しかし世界はそうではなく、自と他を分け隔てて、激しい「差別」の中で、憎しみと暴力を連鎖させてきました。つまり確実に、「日本人の常識と諸外国の常識はズレている」ということが言えるわけです。

本当の海賊は恐ろしい

日本はヨーロッパに比べて肥沃な大地があり、なおかつ四季もあるために、種を蒔いて努力すれば豊かな実りを得られます。

また、日本民族の宗教である神道では、「天照大神も稲作をされていた」と、伝説として伝わっているために、日本人は勤勉に働くことを美徳とし、お米をとても大切にしてきました。

しかも日本古来より伝わる神道も、あるいは日本に伝わった仏教も、「動物にも魂や霊がある」と考えていることから、日本では牛などの家畜も、まるで家族のように大切に扱ってきました。かつての日本人は牛を食べず、その行為を残酷と考えたのです。

たしかに日本にも戦国時代はありましたが、それでも日本人は、世界の中でも比較的に温和な「農耕社会」を築き上げてきました。

しかしヨーロッパは乾燥地帯が多いために、種を蒔いても土地あたりの収穫量が少なく、特に機械の無い時代、パンを作って食べていくことがとても大変でした。またキリスト教では「動物には魂は無い」と考えることから、欧米人は古くから牛や山羊を食べる「狩猟社会」を築き上げました。

しかもその狩猟社会は海賊、いわゆる「バイキング」のことを意味したのです。日本では「バイキング」と言うと、「食べ放題」のことを意味したり、アニメでも主人公が「オレは海賊王になる」なんてことを言っておりますが、しかし実際のバイキングは、略奪と殺戮を行うとても恐ろしい存在でした。実はフランスも、イギリスも、ロシアも元をたどれば、海賊の影響をかなり受けています。

そして航海技術が発達し、「大航海時代」を迎えると、白人たちの「動物には魂が無い」という考え方は、実は私たち有色人種に対しても向けられたのです。つまりかつての白人たちの発想は、「自分たちだけが人間であり、あとは家畜である」というものに近かったわけです。

そのために白人たちは、アメリカ大陸を発見すると、先住民を「インディアン」と呼んで殺戮し、偏狭な土地へと追いやり、アメリカ大陸を支配しました。１４９１年には1億４５００万人のアメリカ先住民がいたと言われておりますが、しかしヨーロッパ人が持ち込んだ伝染病、奴隷制度、レイプ、戦争による殺戮によって、二百年後にはその95％もの約1億3000万人が減少したとされています。

そのために白人たちは、ようやく肥沃な大地を手に入れたというのに、自分たちの代わりに働いてくれる「働き手」を確保することに困りました。そこで彼らは、「暗黒の土地」と呼んでいたアフリカから、体の丈夫な黒人たちを連れ去り、人間を家畜のように売り買いして、奴隷として働かせたのです。買われた奴隷は焼き印を押され、生涯、主人の言いなりでした。そんな「暗黒の時代」が約500年も続いたのです。

ヨーロッパから始まった白人たちの侵略の刃は、アメリカ大陸、アフリカ大陸のみならず、オセアニアにも向けられました。オーストラリアの南にあるタスマニア島に住んでいた原住民のアボリジニにいたっては、「ハンティング」という遊び感覚で全滅させられてしまいました。

そして白人たちは、アジアにまで侵略の刃を向けて、支配し、殺戮し、搾取を行ったのです。

傲慢であった白人たち

このようにかつての有色人種にとって、白人たちはまさに恐ろしい存在だったわけです。

イギリスの国旗のことを「ユニオンジャック」と呼びます、なぜオーストラリア、ツバル、ニウエ、ニュージーランド、フィジーなどの国旗に、この「ユニオンジャック」が描かれているのか、それはイギリスがそれらの国々の「マスターズ・カントリー（宗主国）」だからです。

こうした欧米諸国が、世界各国を植民地支配していた時代を「帝国主義時代」と言います。あの時代、アジアでは日本とかろうじてタイだけが、アフリカではエチオピアを除いたすべての国が、白人たちによって植民地にされてしまいました。つまり有色人種の中で独立を保ったのは、わずか3カ国だけであったのです。

かつての白人たちは、自分たちが世界を植民地支配していくことを、少しでも正当なものにするために、実に手の込んだ「人種差別論」を繰り広げました。そしてそれはアメリカの首都ワシントンで、熱狂的に受け入れられたのです。アルバート・ビベリッジ上院議員は言います。

「我々白人は世界を支配すべき人種なのだ。
だから世界の文化文明を担うべく、神に託された人種としての使命がある。我々はその使命を放棄しない。
神は我々を選んだのだ。我々は野蛮でもうろくした人々（有色人種）を治めるために、政治の達人として創られたのである」

こうした主張は「マニフェスト・ディスティニー（明白なる運命）」と言われました。つまりアメリカにとって世界を支配することは運命である、という何とも傲慢な考えが、たしかにあったわけです。

人種差別と戦った日本人

近年、女性作家のデュラン・れい子さんという方が海外に出かけた際、中南米の女性から「貴女のマスターズ・カントリーはどこですか？」と訊ねられて、彼女が「日本は一度も植民地になったことが無いんですよ」と答えると、その相手の女性は「有色人種の国で、そんなことがあるはずがない」と、とても驚かれたそうです。

その中南米の女性が驚かれるのも無理はありません。なぜなら白人たちによる、酷い人種差別の中で唯一、その白人たち欧米諸国と肩を並べると共に、なおかつその「強さ」を、弱い者イジメに使わなかった国は、この地球上において、実は日本だけだからです。

実際に、１９１９年の酷い人種差別の中で『国際連盟』が作られた時、国際社会の中で日本だけが唯一、「人種差別撤廃」を最初に主張しました。

しかしイギリスの外務大臣アーサー・バルフォアは、「アフリカの人間とヨーロッパの人間が平等だとは思わない」などと堂々と人種差別の言葉を語りました。そして結局、「国際連盟」の規約の中に、「人種差別撤廃」を入れるか入れないか、ということは多数決で決めることになりました。

この多数決は出席者16名で行われ、世界各国の11名の代表が、「国際連盟の規約に人種差別撤廃を明記する」ということに対して賛成しました。その一方でイギリス、アメリカ、ポーランド、ブラジル、ルーマニアの代表の計5名だけが、これに反対しました。

つまり結果は「11対5」で賛成側の圧勝でした。ですから『国際連盟』の規約の中に、「人種差別撤廃」という言葉を入れるはずでした。しかし当時のアメリア大統領ウィルソンは、「全会一致ではないため提案は不成立」と宣言したのです。

このように帝国主義時代では、公然と人種差別が行われていました。そしてこの夢も希望も無い『国際連盟』という組織は、フランクリン・ルーズベルト大統領によって、『国際連合』と名前を変えます。今の『国連』です。

先の大戦中、アメリカには日本人と日系アメリカ人に対する「強制収容所」がありました。日系アメリカ人とは、日本に起源を持つアメリカ人のことです。実は戦争が始まる以前の１９３６年から、アメリカ国内にいる日本人と日系アメリカ人への監視が始まりました。そして１９４１年に、日本とアメリカとの間で戦争が始まると、12万人以上の日本人と日系アメリカ人が、何の罪を犯したわけでもないのに、裁判で裁かれることもなく、強制的に財産を没収されて、アメリカ各地に造られた収容所に送られました。そうした日系アメリカ人の中には、「たとえ自分の起源は日本でも、しかし自分たちはアメリカ人だ！」と主張して、自ら進んで日本との戦争に加わり、そして最前線に送られて死んでいった人もいます。

しかしここで何よりも重要なことは、当時のアメリカは、イタリアやドイツとも戦争を行っておりましたが、しかしイタリア人やドイツ人に対する強制収容所は無かった、ということです。つまり先の大戦というのは、帝国主義時代の酷い人種差別の中で行われたわけです。しかも白人たち欧米列強が、有色人種の国々を蹂躪し、略奪しているからといって、大多数の白人たちは別にその利益を受け取るわけでもなく、ごく一部の人々だけが懐を潤わせている、そんな状況でした。

そしてすでに述べたように、日本、タイ、エチオピアをのぞいたすべての有色人種の国が、白人たち欧米列強によって植民地支配を受けたわけですが、その3カ国の中でも人種差別に抗い、戦えるだけの国力があった国は、実は日本だけだったのです。

十字架の下に銃を隠す

勤勉な国民性による高い技術

かつての明治時代、戦争における戦力は、いわゆる「黒船」、つまり「軍艦」でした。しかし日本人は明治維新を迎えて欧米諸国と交流を始めると、欧米から購入した軍艦をもとに、なんと自分たちの手で、日本製の軍艦を作り上げてしまいました。

これが、日本が他の有色人種国家と大きく違うところでした。それは日本人に受け継がれてきた、「勤勉な国民性」があったから成しえたことです。そして日本人が軍艦を作ることができたのは、江戸時代から、すでに高い技術力を持っていたからです。

このように「勤勉な国民性」というものは、国力を高めることで、「人種差別」という巨悪にも立ち向かえるわけです。

同じようなことは戦国時代にもありました。火縄銃が日本の鹿児島県の種子島に到来したのは、1543年の戦国時代でした。ポルトガルの商人は、日本人に対して、たったの2丁の火縄銃を、2000両という高額で売りました。江戸時代の換算になりますが、一両は現在の価格にすると約13万円ですから、現代の価格にすると2000両は2億6000万円にもなります。

おそらくポルトガルの商人は、「日本とポルトガルを往復すれば大儲けできる。大量の金を手に入れられる」と思ったことでしょう。しかし残念ながら、そのポルトガル商人の思惑は大きく外れました。なぜなら日本人は、種子島に辿り着いた火縄銃を文字通り「種」にして、量産を始めてしまったからです。それもやはり日本に「勤勉な国民性」があり、高い技術力を持っていたからこそできたことです。日本刀を作る鍛冶屋の技術があったからこそ、できたことです。

しかしいくら戦国時代に火縄銃が日本に到来したといっても、まだ戦の主戦力は騎馬隊でした。しかし戦の天才・織田信長が、「長篠の戦い」において、世界で初めて大規模な部隊で大々的に火縄銃を用いて、当時、「戦国最強」と誉れ高かった武田騎馬軍を打ち破りました。

いくら信玄公亡き後の武田家と言っても、これは歴史的快挙でした。なぜなら当時の火縄銃は、弾や火薬を込めるのに時間がかかり、1分間に2発撃つのがやっとだったからです。そのために連射ができず、信長は三段構えで鉄砲隊を武田騎馬隊に対峙させました。しかしもしも銃を構える兵士が、迫りくる「戦国最強」の武田騎馬隊に恐怖し、緊張して、弾や火薬を込めるのに手間取れば、鉄砲隊は総崩れになるかもしれません。あるいは迫ってくる武田騎馬軍に恐怖して、鉄砲兵が逃げ出し、それに続いて次々と逃げ出す兵が出れば、やはり総崩れになる可能性があります。

そしてすでに述べたように、上杉謙信は織田軍の鉄砲隊に圧勝しております。ですからいくら織田信長が戦の天才だと言っても、鉄砲隊で武田騎馬隊を打ち破ることは歴史的な快挙であったのです。

この「織田鉄砲隊が戦国最強の武田騎馬隊を破った」という出来事によって、日本国内では火縄銃の重要性が増し、需要が増え、日本人は火縄銃を量産していきました。

世界を二分したスペインとポルトガル

戦国時代、まず最初に天下を目指し、京都上洛を果たそうとしたのは今川義元でした。

「上洛」とは、大名が軍勢を引き連れて、天皇陛下が住まわれる首都・京都に入ることを言います。「京都に入った」ということは、「日本中に対して大きな影響力を持った」ということを意味しており、それは天下統一へ向けて大きな意味を持っていました。

ですから「上洛」は、諸大名たちの大きな目標の一つでした。そしてあの激しい戦国乱世の時代おいて、今川義元は2万5000もの大軍を率いて、「信長討伐」という目標を掲げて、上洛を目指したわけです。

それはまだ弱冠26歳の織田信長からしてみれば、十倍の兵力を持って迫る今川軍は脅威そのものでした。織田家の家臣たちは、「城に立てこもり籠城して戦うか」、「城から討って出て今川軍と戦うか」、という議論を延々と続けていたと伝えられています。しかし信長は、「今川義元が、田楽・桶狭間において休息を取っている」という情報を得ると、そこに奇襲を仕掛けて、見事に今川家に勝ちました。

そしてそれから8年後、今度は織田信長が京都上洛に成功します。そして武田信玄が亡くなり、続いてそのライバルであった上杉謙信も亡くなることによって、信長が恐れる戦国大名は日本にはいなくなり、遂に信長は天下を取りました。

信長は天下を取ったわけですが、天下統一を成し遂げたわけではありません。たとえばお笑い芸人の松本人志が、お笑いの世界で天下を取ったと言っても、他にも多くの芸人がいるのと同じです。ですからまだ信長に対して、敵意を抱く戦国大名はいたのですが、しかし信長が当時の日本において、最も力があった戦国大名であったことは間違いありません。

その後、織田信長が明智光秀の謀反によって本能寺で討たれると、次に天下人となった豊臣秀吉は天下統一を成し遂げて、さらにその後、天下を引き継いだ徳川家康は、江戸幕府を開いて戦国乱世を完全に治めました。

実は、これはギリギリセーフでした。なぜならこの頃、ちょうど欧米諸国の侵略の魔の手が、日本にも迫ろうとしていたからです。ですから信長、秀吉、家康による天下統一、そして治世の始まりは、「欧米による日本侵略」ということを考えると、実は時期的に見て、ギリギリセーフであったと言えるわけです。

　なぜならかつてのイスパニア（スペイン）の侵略の手段は、「十字架の下に銃を隠す」というやり方であったからです。つまり、まず「キリスト教宣教師を派遣して、優しい顔してキリスト教の布教を行わせる。その後にイスパニアの恐ろしい軍隊を送り込む」という侵略方法であり、この手法によって、フィリピンも植民地支配されたと言われています。

「フィリピン」という国名は、16世紀の植民地時代に、スペイン皇太子フェリペの名前にちなんで名付けられ、その後、約３５０年もの長きにわたって、フィリピンはスペインから植民地支配を受け続けたのです。

　この頃の覇権国家はスペインとポルトガルの2カ国であり、この2大国家は、キリスト教カトリック教会のローマ教皇が仲介によって、「トルデシリャス条約」というものが結ばれていました。「トルデシリャス条約」とは、スペインとポルトガルが、まるで世界を二分して支配することを勝手に決めたような、そんな条約でした。その境界線は、日本列島をちょうど真ん中で二つに分ける位置に存在していました。

　そしてスペイン生まれのイエズス会の宣教師フランシスコ・ザビエルが日本に来日します。この「イエズス会」は「神の軍隊」とも、「教皇の精鋭部隊」とも呼ばれる組織です。織田信長はキリスト教の宣教師たちが、日本で布教活動することを認めたわけですが、それはつまり「十字架の下に隠れた銃を招き入れてしまった」とも言えます。

しかし百田尚樹氏の『日本国紀』によれば、戦国時代末期の鉄砲保有数は世界一ともいわれております。統計的資料はなく事実かどうかは不明ですが、当時ヨーロッパからやってきた宣教師たちの多くが、日本の軍事力に驚嘆していたことから、相当数の鉄砲が日本に存在したことは確かなわけです。

実際に百田氏の『日本国紀』によれば、日本に3年ほど滞在した「イエズス会」のアレッサンドロ・ヴァリニャーノは、イタリアに向けて次のように報告しております。「日本人の好戦性、大軍勢、城郭、狡猾さと、ヨーロッパ各国の軍事費を比較して、日本を征服することは不可能である」

現実にフィリピンなど他の国々が、キリスト教の布教の後に侵略されていること、さらにこうした手紙が残っていることからも、あの時、日本が侵略の危機にさらされていたことは歴史的にみて事実と言えるでしょう。

日本を防衛した戦国武将たち

しかし信長の次に天下人となった豊臣秀吉は、白人たちの侵略の目論見（もくろみ）を見事に見破りました。秀吉はスペインとライバル関係にあるポルトガル人から、「スペイン人たちは海賊で、世界各国を征服している。あいつらは日本の征服も考えている」と聞かされていたと言います。

そんな時、スペインの「サンフェリペ号」が多くの貿易品を積んで、フィリピンからメキシコへ向かっていたところで台風に遭い、土佐（高知）に漂着しました。乗組員のスペイン人たちには、「日本侵略」の疑いをかけられました。乗組員たちは反論しましたが、結局、積み荷と乗組員たちの所持品はすべて没収されました。すると苛立った乗組員は、「スペインは日本を征服するために宣教師を送り込んだ！　日本もスペインに征服される！」と暴言を吐き、この暴言は天下人の秀吉にも報告されました。

しかも九州にいた外国人宣教師たちは、日本人を奴隷として売り払っている疑惑がありました。徳富蘇峰（とくとみそほう）が書いた『近世日本国民史』によれば、キリスト教を日本で広めると共に、日本各地にある神社や仏閣を破壊しながら、密かに日本人を奴隷としてヨーロッパに売り払っていたというのです。

これを知った豊臣秀吉は、神父コエリョを呼び出して、次のように命じました。「すでに売られてしまった日本人を連れ戻すこと。それが無理なら助けられる者たちだけでも買い戻す。そんなに金が欲しいなら代金はあとで渡す」と。北朝鮮に日本人が拉致されても、何も強い意見が言えない、今の日本の政治家とは大違いです。

この秀吉の主張に対してコエリョ神父は、次のように答えたと言います。「日本人売買の禁止は、かねてからの（キリスト教）イエズス会の方針である。問題なのは奴隷売買をする白人ではなく、外国船を迎える港の領主のほうである。よって責任は日本側にある」

このやり取りで秀吉は激怒し、１５８８年、「バテレン追放令」を出します。バテレンとは日本に布教にやってきたキリスト教宣教師のことです。

そして秀吉は、スペインのフィリピン総督フランシスコ・テーリョに対して、次のような書状を送りました。

「聞くところによれば、貴国はキリスト教の布教でもって、謀略的に外国を侵略しようとしているということだが、もし我が国から貴国に教師や俗人が入って、そして人々に神道を説いて、人民を惑乱することがあれば、国主たる卿（きょう）（偉い人に対する尊称）は喜びはしまい。これを思うべきである。

おそらく卿（きょう）らは、そのような宣教による侵略の手段をもって、これまで様々な土地の領主を退けて、自分たちが新たな君主となったように、我が国をも支配しようと企てたのであろう」

その後、天下人となった徳川家康も、やはりキリスト教を禁止しました。

ちなみにこの頃から約３００年後の１８９８年、アメリカはスペインとの戦争に勝利すると、スペインの植民地であったフィリピンは、アメリカの植民地となりました。フィリピンの人々は、新たなマスターズ・カントリーであるアメリカに対して戦いを挑み、何とか自由を獲得しようと試みました。しかしアメリカ政府からアメリカ兵には、「焼き尽くし、殺し尽くせ」という恐ろしい命令が下り、なんと約60万人のフィリピン人が虐殺されたのです。

ですから徳川家康が幕府を開いてキリスト教を禁じるという行為は、「十字架の下に銃を隠して侵略する」という戦略を見事に打ち砕いた、とも言えるわけです。それはすなわち、日本がフィリピンのように、白人たちから侵略、虐殺されることを防いだことを意味しています。

アジアの希望だった日本　あえて嫌われ役を買う侍精神

帝国主義時代、白人たちは有色人種を差別して、かなり酷いことを行いましたが、しかし日本人は白人たちと同じことは行いませんでした。

たとえば日本とアメリカは、先の大戦においてパラオのペリリュー島で激突しました。パラオという国は、スペインやドイツにより多くの人が殺され、また白人たちが持ち込んだ病気によって、9割もの人が亡くなってしまうほど、酷い植民地支配を受けていました。

しかし日本は白人たちをパラオから追いやると、パラオから利益を吸い上げ奪うことなどせず、むしろパラオの人々を日本人のごとく一視同仁に愛しました。「一視同仁」とは、誰も差別せず、すべての人を平等に見て、一様に仁愛をほどこすことです。

ですから日本人は、パラオから白人たちを追いだすと、戸籍制度や学校が無かったパラオに戸籍制度を作り、教育も行い、島民たちと仲良く一緒に歌って過ごしたのです。

しかし戦時中、アメリカの太平洋艦隊が再びパラオ攻略を目指していました。米軍の兵力は、日本軍の約4倍、戦車は約10倍、重火砲は約１００倍、航空機は約２００倍、まったく日本軍に勝ち目はありませんでした。

そこでパラオのペリリュー島の島民たちは集会を開きました。そして彼らは全会一致で、「大人も子どもも一緒になって、日本人とともにアメリカ相手に戦う」ということを決めました。パラオ・ペリリュー島の人々は、代表数人で日本軍の中川州男（なかがわくにお）隊長のもとに向かい、「私たちも日本軍と共に戦わせてください」と申し出ました。しかし中川隊長は、真剣に訴える彼ら一人一人をじっと見つめ、しばしの沈黙の後、大声で次のように言いました。

「我々帝国軍人が、貴様ら土人と一緒に戦えるかっ！」

ペリリュー島の代表たちは耳を疑い、一瞬、何を言われたのか分かりませんでした。

なぜなら自分たちを家畜のごとく扱う白人とは異なり、日本人は自分たちのことを同じ人間として扱うばかりか、日頃から「仲間」と口にし、「対等」と言ってくれていたからです。

しかしそれが突然、その同じ日本人の口から、「仲間」ではなく、「土人」などという差別的な言葉が出てきたために、彼らは帰り道に泣いたそうです。このことを代表者が島の他の人々に報告すると、みんなが「日本人に裏切られた」、「日本人に騙されていた」という思いで、悲しくて、悔しくて、泣き続けたそうです。

そして幾日が過ぎ、ペリリュー島の人々は日本軍が用意した船で、本島に退去させられる日を迎えました。港には一人も見送りはいません。自分たちの故郷の島を去らねばならない以上に、「対等であり、仲間と思っていた日本人に裏切られた」という思いで、島民たちは茫然自失で船に乗り込みました。

汽笛が鳴り、船がゆっくりと岸辺を離れはじめた、次の瞬間でした。島から「オオオオ!!」と雄叫びがあがりました。なんと島に残る日本兵全員が、ジャングルの中から浜に走り出してきたのです。そして日本人は、パラオの人々と一緒に歌った日本の歌を歌いながら、笑顔で手を振り見送りました。

その時、船上の島民たちは、ようやく理解しました。

「日本人は自分たちを戦渦に巻き込まないために、あえて『土人』という酷い言葉を使ったのだ」と。「そうまで言わなければ、自分たちが『私たちも日本人と一緒に戦う』と引き下がらなかったので、彼らはあえて酷い差別的なことを言ったのだ」と。「誰かを守るためなら、嫌われ役さえやってのけて命がけで戦う、それが真の侍なのだ」と。

船の上にいる島民の全員の目から涙があふれました。悲しみと感動の最後の別れでした。

1944年9月、ペリリュー島をめぐる日米の戦闘の火ぶたが切って落とされました。島に立てこもる日本兵1万500人、対する米軍は四倍以上の4万8740人、圧倒的な戦力の差から米軍は「2、3日で陥落させられる、すぐにバーベキューにビールでも飲めるだろう」と予想していました。

しかし米軍の予想を超えて、戦闘はなんと2カ月半も続きました。敵将ニミッツ提督は自身の著書『太平洋海戦史』に次のように書いております。

「ペリリューの複雑極まる防備に打ち勝つには、アメリカの歴史の他のどんな上陸海戦にも見られない最高の損害比率を甘受しなければならなかった（約40％の損害、米海兵師団の第一連隊を全滅させた）。

すでに制空権、制海権をとっていた米軍が、死傷者あわせて1万人を超える犠牲者を出して、この島を占領したことは、今もって疑問である」

このパラオ・ペリリュー島の戦いにおいて、日本人はたった34人の生存者を残して全員亡くなりましたが、島民の死傷者はゼロです。しかも戦った米軍部隊は完全に立ち直り、使い物になるまで5年の歳月を費やしました。

戦後の中川州男隊長の妻の話によれば、中川隊長はパラオに行くことが決まった時、「永劫演習に行く」と話していたことからも、自分が生きては帰ってこられないことは分かっていました。

つまりパラオで散った侍たちは、パラオの人々を生かすため、アメリカの日本本土攻撃を少しでも遅らせるために、できることならアメリカ兵の戦意を削ぐために戦ったのです。少しでも時間稼ぎができれば、それだけ日本本土では「疎開」といって、攻撃対象となる都会の人々が、攻撃対象にはならない地方に逃げられるからです。

米国太平洋艦隊司令長官であるチェスター・ニミッツは、このペリリュー島で戦った日本の侍たちに対して次のように述べています。

「この島を訪れるもろもろの国の旅人たちよ。どうか故郷に帰ったら伝えて欲しい。祖国を守るために、日本軍人は全員玉砕して果てた。その壮絶極まりない勇気と祖国を想う心の奥深きを」

パラオは戦後、欧米諸国から独立を果たすと日の丸を基に国旗を作り、しかし「日本と同じだと失礼だ」という理由から、あえてちょっと日の丸を左にずらしています。

多人種、他民族を同等に扱った

欧米諸国の白人たちは、有色人種の人々に対して、酷い人種差別意識を持っていましたが、むしろ日本人はその真逆で、他民族、他人種の方々に対して一視同仁に扱いました。なぜならそれが日本の建国の精神だからです。約2700年前、神武天皇は日本を建国された際、「八紘（あめのした）を掩（おお）いて宇（いえ）と為（な）さんこと」と述べられました。

これは「全宇宙、全世界を一つの家とし、生きとし生ける者を同胞、兄弟」と考える精神です。そしてこの精神は、明治期の田中智学（たなかちがく）という人物によって、「八紘一宇（はっこういちう）」という言葉でも言い表されるようになりました。建国の精神に、こうした崇高な平等思想を持っているために、本来は日本ほど「差別」を憎む国もないのです。

たしかに第二次世界大戦中、日本が手を組んでしまった相手は、「共産主義国家ソビエト連邦」という共通の敵がいたことから、独裁者ヒトラー率いるナチスでした。そのために共産主義から日本を守るために、日本とドイツが「日独防共協定」というものを結んだことは歴史的事実です。この「防共」の共は、「共産主義」を意味しています。

しかし日本とソ連の間で「日ソ不可侵条約」が結ばれ、「日本とソ連は戦争をしない」という約束を交わすことで、この「防共協定」は意味としては無効になります。

しかもこの「防共協定」は、あくまでも共産主義からお互いを守る、ということが目的であるために、日本は、ナチスが行っている非人道的なユダヤ人迫害には加担せず、むしろ日本はユダヤ人を保護しました。ナチスから日本政府に対して、再三にわたって「ユダヤ人取り締まり要請」があったのですが、しかし「五相会議」という当時の日本政府の重要な会議で、板垣征四郎大臣はこう述べました。

「神武天皇は建国の際、『八紘を掩いて宇となす』と述べられた。
　特定の民族を差別することは、神武天皇以来の建国の精神に反する」

　こうして「独裁者ヒトラーのユダヤ人迫害には手は貸さない」ということを決めて、むしろ日本政府は、「防共協定」を結ぶドイツの意向に逆らって、上海でユダヤ人を保護したのです。

　リトアニアの領事館に赴任していた杉原千畝が、ナチス・ドイツの迫害から逃れてきたユダヤ人たちに、「命のビザ」を発行して約６０００人の命を救ったことは、わりと日本や世界で知られておりますが、しかし実は、２万人のユダヤ人の命を救った日本人がいたのです。

　それは樋口季一郎陸軍中将です。樋口中将はソ連と満州の国境で、逃げる先を見失い、立ち往生していたユダヤ人難民に対して、食料や燃料を配給するばかりか、満州国の通過を認めて、２万人の命を救ったのです。

　この日本の行為に対して、ドイツは日本に抗議してきました。樋口中将は上官にあたる東条英機参謀長に対して、「ヒトラーのお先棒を担いで、弱い者いじめすることは正しいと思われますか?」と主張しましたが、東条参謀長はこうした部下の非礼とも言える発言に対して、まったく問題にはしませんでした。そして東条英機参謀長は、「当然なる人道上の配慮によって行った」と、ドイツ側の抗議を一蹴しています。

つまりたしかに日本は、共産主義国家ソ連という共通の大敵がいたために、ナチス・ドイツと「防共協定」を結びましたが、しかしナチスが行っているユダヤ人迫害に対して、「人道に反している」と考えて、少しも協力しないばかりか、むしろ国家を挙げてユダヤ人を助けていたのです。

世界史の中には、国家を挙げてユダヤ人を追放したり、迫害した国は、イギリス、フランス、ドイツなどたくさんありますが、しかし国家を挙げてユダヤ人を助けた国は、人類の歴史上、日本だけです。

なぜなら生きとし生ける者を一視同仁に見ようとする精神、それが日本建国の精神であり、それが武士道、大和魂だからです。

台湾統治について

帝国主義時代、台湾は他のアジア諸国と同様、オランダから植民地支配を受けていました。また台湾は長らく、中国の属国状態からも抜け出すことができずにいました。

しかし日本が日清戦争で清に勝利したことで、日本による台湾統治の時代が始まりました。

欧米諸国が、植民地にしている地域から利益を吸い上げて、搾取していくのに対して、むしろ日本は、本国から国家予算の四分の一ものお金を持ち出して、台湾の発展のために注ぎ込みました。そして日本は、台湾の道路、鉄道、水道といったインフラ整備を進めて、衛生環境の向上や教育も行って、台湾発展のために尽くしたのです。

警察官たちによって、大人向けの寺子屋のような教育も始まりました。「正しい教育が勤勉な精神を育て、勤勉な国民性が、国家の発展には欠かせない」ということを、かつての日本人は知っていたからです。

昭和10年、台湾でマグニチュード7・1の大地震が発生し、死者3000人を出す惨事となりました。その時、昭和天皇の指示によって、被災した台湾の家1軒1軒が調査されて、その被災の度合いに見合った見舞金が支払われました。軽傷者にも1円が支払われました。当時のこの1円という金額は、お米5キロを購入できる金額でした。見舞金を受け取った人の中には、日本人に感謝して、そのお金を使わずに額に入れて飾った人もいました。

当時の台湾には二つの悪がありました。一つは「土匪（どひ）」と呼ばれる者たちで、彼らは山賊のように住民に暴行、強奪、殺害を行いました。軍隊はこの土匪を殲滅しようとしましたが、彼らはジャングルの中に逃げ込むために、なかなか簡単には殲滅できずにいました。

そこで当時の日本は、「土匪殲滅」を目標にするのではなく、土匪に学問を教えて、懐柔することを考えました。土匪の者たちに学問を教え、さらに道路工事、公共事業の仕事を与えて、彼らに「学ぶ喜び」、「働く喜び」、「人と共に生きる幸せ」を教えたのです。

それはまるで『イソップ寓話』の北風と太陽のようです。日本政府も力による殲滅ではなく、人間を一視同仁にみる懐柔を行うことで、台湾において土匪は完全に消滅したわけです。

台湾のもう一つの悪は、約17万人のアヘン中毒者でした。しかし日本政府は、土匪の時と同様に、力業（ちからわざ）による強硬策に出ることはせず、「阿片の漸禁策（ぜんきんさく）」というものを行って、なんと台湾にアヘン工場を作り、質の高いアヘンを作って、それに税金をかけたのです。こうして台湾の発展に伴ってアヘン患者は減り、やがて完全に撲滅しました。その時に得た収益は、台湾の公衆衛生に使われました。

現在、台湾の人口は２４００万人、九州よりも一回り小さい国ですが、しかし外貨準備高は世界第５位、ＧＤＰは世界21位です。着実に台湾人たちの努力によって、台湾が発展していることは明らかです。もちろんこの台湾発展は、台湾の方々の不断の努力に他なりませんが、しかしその背景には、日本の統治時代が良かったことも実は関係しているわけです。

かつての日本人たちは、台湾の方々を一視同仁に扱うと共に、実は台湾に武士道精神を残していきました。それは「日本精神(りっぷんちぇんしん)」と呼ばれ、今でも語り受け継がれております。台湾の李登輝元総統は、日本精神について、こう言われております。

「日本および日本人特有の精神とは、大和魂あるいは武士道である」

「武士道とは日本人の精神であり、道徳規範である。

それはたんに精神、生き方であるだけでなく、日本人の心情、気質、美意識であるといってよいと思う」

このように実は現代の日本人よりも、日本のことを深く理解し、そして愛してくださった方が、台湾にはいるのです。そのために真実の歴史を知っている台湾人は、今でも根強い親日感情を持っております。「日本台湾交流協会」の調べによれば、台湾人の中で、日本に親しみを感じている人は70％、「日本が最も好きな国」と答えた人は59％、「日本の精神や哲学に関心がある」と答えた人も56％だそうです。

そして『日本人が台湾に遺した武士道精神』を書かれた黄文雄という方は、次のように述べています。「今、日本人に武士道精神を見直してほしい。そして、日本人が失ってしまった武士道精神とは、実は台湾に今もなお息づいていることを知ってほしい」と。

中国からの侵略の危機が迫っている台湾に生きる人々にとって、日本人が武士道を再建し、大和魂を取り戻すということは、実は切実なる願いなのです。

アジアの希望であった日本人

実は、帝国主義時代において、人種差別に歯向かえる日本は「アジアの希望」でした。それはもしかしたら「有色人種の希望」であり、地球が平等な時代を築くための希望とさえ言えるのかもしれません。

たとえばビルマという国は、イギリスから植民地支配を受けて、軍隊も、外交も、財政も、すべての権限を一切認められておりませんでした。そこでビルマのウー・ソオ首相は、イギリスのチャーチル首相に、「私たちビルマ人を、イギリスのための兵として戦場に送るから、その代わりにイギリスとドイツの戦争が終わったら、ビルマの独立を認めてほしい」と頼みました。

しかしチャーチル首相は、論議をすることもなく、ウー・ソオ首相を追い返しました。次にウー・ソオ首相は、ルーズベルト米大統領に会うために、一筋の希望を持ってアメリカに渡りました。しかしルーズベルトは会うことすらせず、ウー・ソオ首相は3週間も待った挙句、あきらめて帰ることにしました。

イギリス首相にも、アメリカ大統領にも、まったく相手にされなかったウー・ソオ首相は、「自分たち東洋人が、白人たちと戦って勝てるわけもなく、このままずっと我々は、白人たちによる植民地支配を受けていく奴隷なのか」と、希望がまったく見えない失意の中で偶然、ハワイに立ち寄りました。

そしてある朝、彼は轟音に目を覚まして窓の外を見ました。そこには日の丸をつけた無数の戦闘機が舞い、黒煙の立ち昇る真珠湾に、そして基地に襲いかかっていました。ウー・ソオ首相は、自分が真珠湾で目撃したものが、しばらくは信じられなかったそうです。

同じアジア人の日本人が、「白人たちの力と英知の象徴」とされていた飛行機を自由に操り、自分たちを苦しめ続けている白人たちを、叩きのめしていたからです。おびえて逃げ惑う白人たちの光景など、彼からすれば初めて見るものであり、まったく予想していない光景でした。

ウー・ソオ首相からすれば、それは痛快にさえ見えたことでしょう。彼は「ビルマが白人支配から独立を果たすためには、日本を頼るしかない」と考えました。

「勤勉な国民性」を持つ日本人は、火縄銃、軍艦に続いて、航空機までも自分たちの手で造り上げました。しかも「零戦」は当時、世界最高のレベルを誇る戦闘機でした。

実は、今では当たり前である「空母」を発明したのも日本人です。空母とは「航空母艦」の略称で、燃料や武器を搭載し、なおかつ航空隊を離着陸させられる強力な戦艦のことです。空母から航空隊が発信して、「制空権」が奪えれば、戦闘は非常に有利になるために、戦争において空母は非常に重要です。そして今では当たり前になっている空母の原点は、日本が世界で最初に完成させた航空母艦「鳳翔（ほうしょう）」であり、世界各国はこれを真似たわけです。

１９４１年12月８日、日本はイギリス領であったマレーシアにも、戦闘を仕掛けていました。

チャーチル首相は、軍部から「日本を撃退するために、空母一隻を派遣するべきではないか?」というアドバイスを退けて、彼はこう言ったそうです。「日本人のような劣った人種は、戦艦『レパルス』と『プリンス・オブ・ウェールズ』を派遣しておけば、簡単に抑止できる」と。

しかしその戦艦『レパルス』と『プリンス・オブ・ウェールズ』は、「劣っているる」とみなされていた日本人によって、わずか2時間で沈みました。チャーチル首相は、その知らせを受けて、のちにこう述べたそうです。「私は一人きりであることが幸いだった。戦争の全期間を通じて、私はこれ以上の衝撃を受けたことがなかった」と。

他国のために戦う侍たち

かつての日本は、「大東亜共栄圏（だいとうあきょうえいけん）」といって、「アジアの国々を白人たちから解放して、アジアに白人に対抗できる一大勢力を築こう」と考えていました。そうしたこともあって日本も欧米列強と同様に、領土を広げていったことは事実です。そのために特に韓国や中国から、「反日感情」が生まれたのも事実です。中国、韓国の「反日感情の真相」については、後ほど詳しく説明いたしますが、日本人が、他のアジアの多くの国々を白人たちから解放したのも事実です。

これについて、インドネシアのアラムシャ元第三副首相は、こう述べています。

「我々インドネシア人は、オランダの（植民地支配の）鉄鎖を断ち切って独立すべく、350年間にわたり、何度か屍の山を築き、血の川となる闘争を試みた。

しかしその度に、オランダの狡猾なスパイ網と強靱な武力などによって、鎮圧され、壊滅されてきた。

それを日本軍がインドネシアに到来するや、たちまちにオランダの鉄鎖を断ち切ってくれた。

インドネシア人が歓喜雀躍し、感謝感激したのは当然である」

しかもかつての日本人は、ただインドネシアの人々を白人たちから解放しただけではありません。アメリカの政治学者のジョージ・S・カナヘレは『日本軍政とインドネシア独立』という書物の中で、次のように述べています。

「日本占領軍がインドネシア民族主義のために行った種々の仕事のなかで、最も重要なものの一つは、正規軍及び准軍事組織を創設して、それに訓練を与えたことである。このような機会がなかったならば、戦後のインドネシア民族革命の経過は違ったものになっていたであろう」

かつての日本人は、350年間も続いたオランダのインドネシア支配を終わらせるのみならず、インドネシアの人々を一視同仁に扱い、そして戦い方まで教えたのです。飢えている人に魚を与えるより、釣りのやり方を教えることが大いなる愛であるように、日本人はインドネシアを独立に導くと共に、未来永劫、インドネシアが白人たちに支配されないために、戦い方を教えたのです。

しかも日本がアメリカとの戦争に敗れて、再びオランダがインドネシアを植民地支配しようとすると、現地に残っていた日本人約1000名の兵士たちは、身命を賭して、インドネシア独立のためにオランダ軍と戦い、そして死んでいきました。彼らには祖国に帰る選択もできたはずですが、しかしインドネシアの人々が再び白人たちから酷い支配を受けることを、彼らは黙って見過ごすことができず、他国のために戦い、そして死んでいったのです。

このことについて、インドネシアのサンバス元復員軍人省長官はこう述べております。

「特にインドネシアが感謝することは、戦争が終わってから日本軍人約１０００人が帰国せず、インドネシア国軍とともにオランダと戦い、独立に貢献してくれたことである。

日本の戦死者は国軍墓地に祀り、功績を讃えて殊勲章を贈っているが、それだけですむものではない」

日本に対する深い感謝の心からか、インドネシア独立の日付は「皇紀」です。皇紀とは、初代神武天皇が、即位された紀元前６６０年を元年とする日本独自の暦のことです。そしてインドネシア独立宣言は、日本人に対する感謝の想いから、皇紀２６０５年8月17日に行われたわけです。

他国の人々を一視同仁に扱い、なおかつ白人たちの人種差別と国を挙げて戦った日本に対して、実際に、タイのククリット・プラモード元首相は、こう書いています。

「日本のおかげでアジアの諸国はすべて独立した。

日本というお母さんは難産して母体をそこなったが、生まれた子どもはすくすく育っている。

今日、東南アジアの諸国民がアメリカやイギリスと対等に話ができるのは、いったい誰のおかげであるのか。それは身を殺して仁をなした日本というお母さんがいたからである。

12月8日（開戦日）は、我々にこの重大な思想を示してくれたお母さんが一身を賭して、重大決意された日である。さらに8月15日（終戦日）は、我々の大切なお母さんが病の床に伏した日である。我々はこの二つの日を忘れてはならない」

その他にも、マレーシアのガザリー・シャフィー元外務大臣もこう言っています。

「大東亜戦争で、マレー半島を南下した時の日本軍は凄かった。わずか3カ月でシンガポールを陥落させ、我々にはとてもかなわないと思っていたイギリスを屈服させたのだ。

私はまだ若かったが、あの時は神の軍隊がやってきたと思っていた。日本は敗れたが、英軍は再び取り返すことができず、マレーシアは独立したのだ」

すでにご紹介したように、名古屋グランパスエイトで監督を務められたアーセン・ベンゲル監督は、「日本人は、ヨーロッパを美しく誤解しており、そして日本は素晴らしい国なのに、そのことに気がついていないばかりか、本当に自分の国をダメだと思いこんでいることが問題だ」と述べられました。

日本人が「自分の国はダメだ」と思い込んでいる理由、それは日本人が、帝国主義時代の本当の歴史を知らないからです。そして日本人が、本当の歴史を知らないために、失わされた武士道が今も甦ることなく、大和魂という名の「男らしさ」も見えなくなっているのです。

先の大戦の真実　包囲網で追い詰められた日本

では、なぜ日本人は本当の歴史について、学校で教わることがないのでしょうか？　その理由を知るためには、「そもそもなぜ日本は、アメリカと戦争したのか？」ということを知らねばなりません。

実は先の大戦が始まる前、近衛文麿や東条英機を始めとする多くの日本の政治関係者が、アメリカとの戦争を避けるために活動を続けていました。

しかしその一方でアメリカは、どうしても戦争を開始するために、「ＡＢＣＤ包囲網」といって、日本に石油や鉄鉱石といった資源を、輸出入することを禁止する「経済制裁」を行っていました。Ａはアメリカ、Ｂはイギリス（ブリテン）、Ｃはチャイナ、Ｄはオランダ（ダッチ）という包囲網であり、こうした「経済制裁」によって、日本は次第に追い詰められていきました。そのままでは日本経済が破綻して、日本人が餓死することは目に見えていました。

そのために１９４１年８月に日本は、悪化する日米関係を少しでも改善するべく、当時の近衛首相が渡米して、日米首脳会談を行うことを要求しました。しかしアメリカ側から、日米首脳会談は一方的に拒絶されました。

また1941年11月5日には、東條首相たちは「御前会議」という重大な会議を開いて、アメリカに対する交渉案を考えました。その会議の中で、日本が中国の華北から撤退すること、南インドシナから撤退することなど、「甲案」、「乙案」というものが考えられました。まずアメリカに「甲案」と提示してみて、もしもそれでも交渉がまとまらない場合は、さらに日本が譲歩している「乙案」を提示することで、何としてでもアメリカとの戦争を避けるために、交渉を進めていく、ということがこの会議で決定しました。

しかし「甲案」、「乙案」の提示から21日後の11月26日、アメリカは日本に対して、「ハル・ノート」というものを押しつけてきました。「ハル・ノート」とは簡単に言ってしまえば、「日本が明治維新以降に獲得した海外権益や領土をすべて手放せ、江戸時代の頃の日本に戻れ」という通牒です。「通牒」とは、国家の意思表示を示す文書のことです。

戦後に行われる『東京裁判』において、判事を務められたラダ・ビノード・パール判事は、この「ハル・ノート」について、こう述べています。

「これと同じものを受け取った場合には、モナコか、ルクセンブルクのような小国でも、アメリカに対して武器を手にして立ち上がったであろう」

当時のアメリカ国民は、戦争に次ぐ戦争の繰り返しで、すでに疲れ果てていた。しかもルーズベルト大統領は、すでに大統領を2期も務めていて、3度目の大統領選挙においては、「戦争は行わない」、「貴方たちの子どもを戦地には送らない」と公約を掲げ、国民に約束して大統領になりました。

アメリカという国は、民主党と共和党という二大政党制となっており、民主党のルーズベルトと大統領選挙を戦った共和党の大統領候補は、ハミルトン・フィッシュという人物でした。そのハミルトン・フィッシュは、戦後数十年に亘って日米戦争についての研究を続けました。そして彼は、この「ハル・ノート」について、次のような驚くべきことを述べました。

> 私たちは、日本が、和平交渉の真っ最中にわが国を攻撃したものだと思い込んでいた。
>
> 1941年11月26日の午後に、日本の野村大使に国務省で最後通牒が手交された。
>
> それはハル国務長官が渡したものである。
>
> ワシントンの議員の誰一人としてそのことを知らなかった。

民主党の議員も共和党の議員もそれを知らされていない。

『FDR: The Other Side of the Coin.』（1976年）

（渡辺惣樹訳、「正論」2014年1月号）

またハミルトン・フィッシュは次のようにも述べています。

私はルーズベルトを許すことができない。

彼はアメリカ国民を欺き、全く不必要な日本との戦争にアメリカを導いた。

日本の指導者が開戦の決断をすることになった最後通牒ハル・ノートはルーズベルトが真珠湾攻撃を『恥ずべき行いの日』と呼んだことにちなみ、『恥ずべき最後通牒』と呼ぶのが適切と思われる。

『Tragic Deception: FDR and America's Involvement in World War II.』

（1983年）（邦題『日米開戦の悲劇』岡崎久彦監訳）

「ハル・ノート」、それは日本に対する無理難題であるばかりか、アメリカ国民をも欺いたものでした。そしてハミルトン・フィッシュが述べたように、この「恥ずべき最後通牒」こそが日米開戦を決定づけるものとなりました。

つまりルーズベルトが真珠湾攻撃を作り、そして戦争を作ったわけです。実際に、ルーズベルト大統領の娘婿の著書『操られたルーズベルト』には、ルーズベルトのこんな言葉が記されています。

「私は宣戦布告はしない。私は戦争を作るのだ」

また当時のスチムソン陸軍長官の日記にも、ルーズベルト大統領が、会議において、次のように述べたことが記されています。

「日本軍に最初の一発を発射させることは確かに危険なことだ。しかしアメリカ国民から戦争の完全な支持を得るためには、日本軍に攻撃させて、誰がどう考えても、どちらが侵略者であるのか、それを一目瞭然にさせたほうが良い」

このようにアメリカは、用意周到に日本を追い詰めて、なおかつ戦争の大義名分を作り上げて、日本を追い込んでいったわけです。

事前に知っていた真珠湾攻撃

確かに1941年12月8日、日本は太平洋艦隊を叩くために、当時はまだアメリカの一つの植民地でしかなかったハワイの真珠湾を、宣戦布告無しで奇襲攻撃したことは、歴史的な事実です。しかし実はアメリカは、日本側が使っていた電文の暗号の解読に成功しており、すべて筒抜けだったことも分かっています。日本の電文の暗号は「パープル（紫）」と呼ばれ、解読文は「マジック」という名前が付けられていました。

日本による真珠湾攻撃の前日、アメリカ時間の6日、ルーズベルトは軍部から渡された日本の「マジック（解読文）」を読み終えて、こう言ったといいます。

「This means war（これは戦争を意味する）」

ルーズベルトの長女の夫ジョン・ベティジャーによれば、真珠湾攻撃の前日、ルーズベルト家全員が集まってディナーが行われていたそうです。そしてルーズベルトは食事の途中で席を外しました。おそらくこの時、彼に「マジック（解読文）」を手渡されたのでしょう。そして大統領はディナーに戻ってくると、家族に向かって、こう言ったそうです。

「戦争は明日、始まるよ」

真珠湾攻撃の直前、ルーズベルトは、あえて何も知らない素振りをして、「アメリカは平和を希望しています」という文書を日本に送っています。誰がどう考えても、どちらが侵略者であるのか、それを一目瞭然にさせるためでしょう。

しかし後に、どうしてあれほどまでに被害が拡大したのか、それを調査する「ロ

郵便はがき

差出有効期間
2025年3月
31日まで
（切手不要）

160-8791

141

東京都新宿区新宿1－10－1

(株)文芸社

愛読者カード係 行

ふりがな お名前		明治 大正 昭和 平成 年生 歳	
ふりがな ご住所	□□□-□□□□		性別 男・女
お電話 番 号	（書籍ご注文の際に必要です）	ご職業	
E-mail			
ご購読雑誌(複数可)		ご購読新聞 新聞	

最近読んでおもしろかった本や今後、とりあげてほしいテーマをお教えください。

ご自分の研究成果や経験、お考え等を出版してみたいというお気持ちはありますか。

ある　ない　内容・テーマ(　　　　)

現在完成した作品をお持ちですか。

ある　ない　ジャンル・原稿量(　　　　)

<table>
<tr><td>書　名</td><td colspan="4"></td></tr>
<tr><td rowspan="2">お買上
書　店</td><td rowspan="2">都道
府県</td><td rowspan="2">市区
郡</td><td>書店名</td><td>書店</td></tr>
<tr><td>ご購入日</td><td>年　　月　　日</td></tr>
</table>

本書をどこでお知りになりましたか?
1.書店店頭　2.知人にすすめられて　3.インターネット(サイト名　　　　　　　)
4.DMハガキ　5.広告、記事を見て(新聞、雑誌名　　　　　　　)

上の質問に関連して、ご購入の決め手となったのは?
1.タイトル　2.著者　3.内容　4.カバーデザイン　5.帯
その他ご自由にお書きください。
(　　　　　　　　　　)

本書についてのご意見、ご感想をお聞かせください。
①内容について

②カバー、タイトル、帯について

弊社Webサイトからもご意見、ご感想をお寄せいただけます。

ご協力ありがとうございました。
※お寄せいただいたご意見、ご感想は新聞広告等で匿名にて使わせていただくことがあります。
※お客様の個人情報は、小社からの連絡のみに使用します。社外に提供することは一切ありません。

■書籍のご注文は、お近くの書店または、ブックサービス(フリーダイヤル0120-29-9625)、セブンネットショッピング(http://7net.omni7.jp/)にお申し込み下さい。

バーツ委員会」というものが設置され、そして調べたところ、「戦争を企画し、準備し、遂行したのは、実はルーズベルトであった」という、驚くべき意見が出てきたのです。

このようにアメリカは、いつ日本が真珠湾を奇襲攻撃するか、盗聴と傍受によって事前に知っていました。ですから真珠湾攻撃の当日、アメリカの主力戦艦はハワイに一隻もいない状態が意図的に作り上げられていたとみて、ほぼ間違いありません。

米空母「レキシントン」は輸送の航行中であり、米空母「エンタープライズ」は帰路の途中であり、米空母「サラトガ」もアメリカ本土西海岸にいたために、実は真珠湾攻撃において、米空母はすべて無傷だったのです。

しかも真珠湾攻撃で被害を受けた米戦艦も、いずれも1910～1920年代の旧式ばかりでした。さらに真珠湾の水深は浅いために、沈められた戦艦はほとんど引き揚げられ、修理を行い、戦線に復活しています。今も真珠湾に沈んでいる戦艦は、「アリゾナ」くらいですが、当時からすでにかなり年数が経過しており、引き揚げる必要が無かった可能性のほうが高いのです。

奇妙な日本の外務省

しかも本当は、日本政府はアメリカに対して、きちんと宣戦布告を行ってから、真珠湾攻撃を行う予定でした。ところがアメリカにある日本大使館の職員たちが、前日に行われた職員同士の送別会のせいで、宣戦布告することが遅れてしまったのです。

そのために卑怯を何より憎み、義に生きることを美徳とする日本人が、あれ以来、世界中から「卑怯者」の烙印を押されることになってしまいました。しかしなぜかこの大使館の職員たちは戦後、その重罪を少しも問われることなく、出世していきました。

6000人のユダヤ人の命を救った杉原千畝さんは、「勝手に大量のビザを発行した」ということで事実上、外務省を解雇させられているというのに、絶対に行わなければならなかった「宣戦布告」を怠った外務省の職員は、なぜか戦後の日本において出世したわけです。この矛盾について、渡部昇一先生の『「昭和の大戦」への道』という書籍には、こう記されています。

開戦のとき一緒に送別会をやって大失敗をやらかしたワシントン駐在の外交官たちの間で、「あの晩のことは、一生涯誰も口にしない」という暗黙の掟ができあがったと見える。その誓いは守られた。

このときワシントンの大使館にいた人は、みな偉くなった。その中には戦後、「外務次官」になった人もいるし、国連大使になった人もいる。

「勲一等」を天皇陛下からいただいている人もいた。
あの「昭和天皇独白録」を筆記した寺崎英成という人は、あの晩、「送別会の主役」であった人物である。
その真相を誰にも話さないまま、天皇の御用掛になった。
昭和天皇は最後まで日米開戦を望んでおられなかった、閣議で「開戦やむなし」という結論になったときも、「和平の可能性はないか」ということを重臣に何度も確認しておられたという。

これはあくまでも私の予測に過ぎませんが、すでに戦前の一部の外務官僚の中には、アメリカのスパイが紛れ込んでいたのかもしれません。なぜならアメリカ側は「誰がどう考えても、どちらが侵略者であるのか一目瞭然にしたい」という考えがあったからです。

そのためにアメリカは、何としてでも「卑怯者」の烙印を日本に押したいために、外務省の職員に賄賂をちらつかせて、アメリカに寝返ることに成功していた可能性も考えられます。

ちなみにアメリカが行ってきた「湾岸戦争」、「イラク戦争」、「ベトナム戦争」は、一度も「宣戦布告」は行われてなく、実は戦争の大半が、宣戦布告無しです。そして実は一秒でも、一分でも、攻撃の前に宣戦布告していれば、たとえ奇襲攻撃でも国際法上、何ら問題はなかったということ、そして戦争という悲惨な行為の中では、実は奇襲攻撃が当たり前のように行われていることを考えると、一秒前に宣戦布告していたからといって、「被害そのものはあまり変わらなかった」ということは知っておくべきでしょう。

そして真珠湾攻撃から数時間後、何度も国民に「戦争はしない」と演説し、公約を掲げて大統領に当選したルーズベルトは、アメリカ国民に向かって、こう演説しました。

「リメンバー・パールハーバー（真珠湾を忘れるな）」

戦争に疲れ果て、戦争に反対していたアメリカ国民でしたが、しかし「リメンバー・パールハーバー」という叫びにも近い声が、アメリカ全土を覆いつくし、日本に対する憎悪が広がり、こうして日本とアメリカの間に、ついに戦争が開始されてしまいました。

「リメンバー○○」という特技

「リメンバー○○」、実はこれはアメリカの常套手段です。

たとえば1836年、アメリカは当時まだメキシコ領だったテキサスに、わざわざアラモの砦を築きました。敵地にこんな砦を建てれば、メキシコ軍がそこを襲ってくることは、誰でも予想できました。しかもわずか200名の米兵で、その砦を守らなければなりませんでした。案の定、その200人の米兵は、メキシコ軍の攻撃を受けて全滅しました。

すると当時のアメリカ政府は「リメンバー・ジ・アラモ（アラモの砦を忘れるな）」という言葉を合言葉に、国民の戦意を鼓舞して、メキシコとの戦争を正当化し、国民を上手く誘導して戦争を起こしました。この戦争のおかげでアメリカは、テキサス、ニューメキシコ、カリフォルニアなどをメキシコから奪い取りました。

あるいは1898年、アメリカ戦艦メーン号は、政府の命令で、当時スペイン領だったキューバ沖に向かわされました。そしてこの船は「何者」かに爆破され、沈没させられ、260名の犠牲者を出しました。

すると当時のアメリカ政府は、「リメンバー・メーン（メーン号を忘れるな）」と新聞を通じて報道して、スペインとの戦争を正当化して、世論を誘導して開戦しました。この戦争のおかげでアメリカは、キューバ、プエルトリコ、グァム、ミッドウェー、ウェーク、フィリピンといった植民地をスペインから奪い取りました。

やはりアメリカという国は、日本以上に病んでいるのか、この国には「戦争反対」

の世論を、「戦争賛成」に変えてしまう特性を持っています。

たとえば1964年、ベトナムのトンキン湾にて、アメリカ軍艦がベトナム軍から2発のミサイルを発射される事件がありました。この事件をキッカケに、アメリカのジョンソン大統領は北ベトナムに対して爆撃を開始して、ベトナム戦争が開始されました。

しかし1971年、『ニューヨーク・タイムズ』の記者が、機密文書『ペンタゴン・ペーパーズ』を入手します。そしてこの文書には、トンキン湾事件もアメリカ側が仕組んだ自作自演であった事実が記されていました。1995年には当時の国防長官であったロバート・マクナマラも、「北ベトナム軍による攻撃はなかった」と告白しています。

「恥」を「正義」とするアメリカ

人道に反れた空襲と原爆

あの日米戦争当時も、国際法では非戦闘員、つまり民間人に対する攻撃は犯罪です。ですから日本は、国際法をきちんと守って、民間人には攻撃を仕掛けないように、徹底的な配慮を行いました。

真珠湾攻撃でもアメリカ側に2402名の死者が出て、そのうち68名が民間人でしたが、しかしそれはあくまでも、軍人や民間人を問わない無差別攻撃ではけっしてありませんでした。あくまでも外交によって、何とか避けようとしていた戦争という悲惨な行為の中で、ハワイのパールハーバーにおいて、残念ながら68名の民間人が巻き込まれてしまったわけです。

しかし彼ら・・は、東京大空襲、広島や長崎への原爆投下によって、民間人約50万人も大虐殺しました。

しかもアメリカは、東京の下町に「焼夷弾」という爆弾の雨を降らせるにあたり、ユタ州ソルトトレークシティーの砂漠に、わざわざ「ダグウェイ実験場」という壮大な実験場まで作りました。どういった爆弾が一番、東京の住宅街を燃やせるか緻密な研究を重ねた上で、彼らは東京大空襲を行ったのです。

その実験では、日本家屋が12棟、24戸も建てられ、材料も日本のヒノキに近いものが使われ、路地の幅まで緻密に同じに設計されました。さらには雨戸や物干し台、家の中には畳まで敷き、ちゃぶ台や座布団などといった日用品まで置いて、わざわざ砂漠のド真ん中に、日本の下町を見事に再現したのです。

民間人への軍事攻撃が国際法では禁止されているにもかかわらず、どうやったら民間家屋が一番燃えるか、その実験をアメリカは徹底的に行ったわけです。この国際法に違反した東京大空襲によって、３２５機のB‐29が空襲を行い、合計38万発になる爆弾が投下され、死者10万人、被害にあった人は１００万人以上にもなりました。

しかも当時のアメリカには、「マンハッタン計画」というものがありました。これは第二次世界大戦中、アメリカ、イギリス、カナダなどの国々が、核爆弾の開発と製造、そして投下するために、科学者や技術者を総動員して行われた壮大な計画です。

この「マンハッタン計画」の中で、１９４５年7月16日、人類初の核実験「トリニティ実験」が行われました。この核開発計画の主任科学者ロバート・オッペンハイマーは、人類初の核爆発を見た際に、ヒンドゥー教のこんな言葉を思い起こしたそうです。

「今や私は死となり、世界を滅ぼす者となった」

「世界を滅ぼす者」、まさに核兵器とは恐ろしいものです。そしてこの「トリニティ実験」の翌月の8月6日に広島、９日には長崎に、開発されたばかりの核兵器が落とされて、約30万人もの人間が亡くなりました。核の恐ろしさを、日本人はまざまざと見せつけられたのです。

しかしこの「マンハッタン計画」について、『アルバカーキー・トリビューン』というアメリカの地方新聞は、とんでもなく恐ろしい事実を報じました。この新聞記事によると「マンハッタン計画」として、原爆の原料となるプルトニウムの毒性や体への吸収率を調べるために、アメリカ国内において人体実験が行われていたというのです。その人体実験は、被験者には無断で、癌患者にプルトニウムを注射したり、治療費の払えない患者に大量の放射線照射を行ったりと酷いものでした。

敗戦後に日本にやってきたGHQも、広島、長崎の被爆者を看護するわけでもなく、こと細かに体中を調べていることが記録に残っております。それは被爆者にとって、まさに生き地獄、拷問であったそうです。

こうしたことから「マンハッタン計画」とは、「プルトニウム人体実験」とも言えるわけです。

GHQとは、正式名称を「連合国軍最高司令官総司令部」と言い、戦勝国の連合軍の中枢でありますが、連合国の力関係からしても、あるいはアメリカと戦った日本からしてみても、実質はアメリカおよび米軍だったと考えて良いでしょう。

このように東京大空襲、そして広島、長崎への原爆投下は、国際法に違反するのみならず、まさに人道に反した愚かで、卑劣で、残虐な行為であったわけです。

文明と野蛮

先の大戦にアメリカが日本に勝利すると、降伏調印式の翌日、『ワシントンポスト』は「ペリー以来の目的を達成」と書きました。この降伏調印式の時、米国軍艦ミズーリ号には、ペリー艦隊に掲げられていた「星条旗」が、わざわざアメリカ本国の博物館から持ち込まれました。

すでに述べましたように、ペリーは日本にやってくる前、日本に対して、「野蛮な国民を文明国の仲間に入れよう、という我々の試みが成功するよう神に祈る」と日記に書いています。

このように彼らは、「自分たちこそ文明であり、日本人はじめアジア、アフリカの人々は野蛮である」と考えていました。しかし果たして本当に、そのペリーの価値観は正しいのでしょうか?

かつてアヘン商人たちは、中国から茶を買い、代わりにインドで穫れるアヘンを売りつけ、イギリスに金を持ち帰る「三角貿易」で莫大な利益を上げていきました。アヘンとは人間を廃人に変えてしまう、危険なドラッグです。

清王朝は、自国民がアヘンによって廃人になり、おまけに金まで持ち出されるので、清に密輸されているアヘンを没収して、焼き払いました。しかし利益を損なわれたアヘン商人たちは、これに腹を立て、莫大な財力を使って、イギリス政府を動かし、「アヘン戦争」に踏み切ったのです。

最近では日本のネット上で、イギリスの正式名称「グレート・ブリテン」と「カス」を足して、「イギリス」に対して「ブリカス」と呼ぶ人たちがいます。その理由の一つに、イギリスが行ってきた数々の侵略行為の歴史と、そして今なお健在である大英博物館があります。なぜならこの大英博物館に展示されている約８００万個の展示物が、エジプトのラムセス二世の像からはじまり、国宝レベルの世界各国の重要文化財ばかりだからです。

幕末の英雄である西郷隆盛は、ある時、こう言いました。「西洋は野蛮だ」と。するとある人は言い返しました。「いや、西洋は文明ですぞ」と。すると西郷は「いや、いや、野蛮だ」と畳みかけました。そのために相手の人は、「なぜそこまで申されるのか」と問いました。

すると西郷は言いました。

「本当に西洋が文明の国々であれば、慈愛の心をもって文明未開の国々を、文化開明に導いてやるのが本来あるべきところの姿だろう。

しかし西洋は、相手が未開の国であればあるほど、むごい仕打ちをし、相手の知識も低く、道理も十分にわかっていない国であるほど残忍なことをする。

そして自分たちは利益を得ている。これは野蛮だ」

西郷隆盛の話を聞いて、相手はなにも反論できなかったそうです。

フォークやナイフを使うことを「文明」とし、使わないことを「野蛮」とするのか、それとも人間に対して慈愛の心を持つことを「文明」とし、持たないことを「野蛮」とするのか、このどちらかによって、「西洋は文明か野蛮か」という話は変わってきます。

そしてそれは人間の価値を外側で見るか、内側で見るかという違いとも言えるでしょう。

たしかに欧米には絵画や音楽といった素晴らしい芸術があり、造詣の深い哲学者、科学者、思想家、宗教家が大勢います。

しかしたしかに西洋諸国が世界で行ってきたことは、アヘン戦争から国宝レベルの重要文化財の持ち去りであり、侵略、虐殺、レイプ、奴隷売買と野蛮なことばかりでした。

一方で日本は有色人種の中で唯一、白人たちと肩を並べるばかりか、多民族を一視同仁に見て、時には他国のために戦い、アジアの国々の発展のために力を注ぎました。

こうしたことを考えると、アーセン・ベンゲル監督が「日本人はヨーロッパを美しく誤解している。日本ほど素晴らしい国は見たことがない」と述べた理由がよく分かります。

東京裁判

すでに述べてきたことを考えれば、明らかにアメリカという国は、人間ならば本来、「恥」と考えることを、巧妙に「正義」と呼び換えてきました。そしてその極めつけが、戦後に行われた『極東国際軍事裁判』、通称『東京裁判』と言えるでしょう。

なぜならこの戦勝国が敗戦国を一方的に裁く裁判によって、正義と悪は完全に入れ替えられてしまったからです。

『東京裁判』において、アメリカ人のベン・ブルース・ブレイクニーという弁護士が話し始めると突如、通訳が止められました。そして被告人たちは、何のやりとりがされているか分からないまま裁判が進む、という前代未聞の事態が起こりました。『東京裁判』では、「必ず通訳を通じて英語の内容を被告に伝える」、という約束が決められていたのですが、その約束が突如、反故にされたわけです。

では、ブレイクニー弁護士は何を語ったのか？

後年、映像記録によって明らかになったことですが、この時、ブレイクニー弁護士が次のように話していたことが分かっております。

> 国家行為である戦争責任を、個人に問うことは法律的に間違っている。

> なぜなら国際法は、国家に対して適用されるのであって、個人に対してではないからだ。
> もし仮に、（米軍の）キッド提督の死が、真珠湾爆撃による誰かの殺人罪に当たるのならば、私たちは広島に原爆投下した者の名を挙げることができる。その国の元首の名前も私たちは承知している。投下を計画した参謀長の名も承知している。
> 原爆を投下した者がいる！　この投下を計画し、その実行を命じこれを黙認した者がいる！　その者たちが裁いている！

ブレイクニー弁護士の言い分は、明らかに「東京裁判によって日本人を裁くことが、そもそも間違いだ」と言っております。

あるいは『東京裁判』において、石原莞爾（いしはらかんじ）は「なぜ戦争を行ったのか？」と問われて、「理由を知りたければペリーを呼んで来い」と主張しましたが、「日本とアメリカが戦争を行った理由、それはペリー以降のアメリカの側にある」、そう言っても過言ではないかもしれません。

また、『東京裁判』が正義無きデタラメの裁判であったことを証明する人として、すでにご紹介したラダ・ビノード・パール判事（博士）という方がいます。

彼は『東京裁判』の意見書の中で、あくまでも正義の観点から「日本無罪論」を主張され、東条英機を始めとする戦犯の全員の無罪を主張しました。すなわち彼は、裁判官という立場から、「戦勝国が日本人に罪を求めて裁くことは間違いである」と主張したわけです。

そしてパール判事は、戦後を生き抜く私たち日本人に対して、次のように述べました。

> 欧米諸国（が東京裁判を行った理由）は、「日本が侵略戦争を行った」ということを歴史に記すことによって、自分たちのアジア侵略の正当性を誇示すると同時に、日本の17年間を「罪悪」と烙印することが目的であったに違いない。
> 私は1928年から45年までの17年間の歴史を、2年7カ月かけて調べた。この歴史の中には、恐らく日本人の知らない問題もある。それを私は判決文の中に綴った。
> 私が調べたこの歴史を読めば、欧米こそ憎むべきアジア侵略の張本人であることが分かるはずだ。
> それなのにあなた方（戦後の日本人）は、自分らの子孫に「日本は犯罪を犯し

たのだ」、「日本は侵略の暴挙を敢えてしたのだ」と教えている。

日本人の子孫が歪められた罪悪感を背負って、卑屈、頽廃に流れて行くのを、私は平然と見過ごすわけにはいかない。

誤まられた彼等の宣伝の欺瞞を払拭せよ。誤まられた歴史は書き改めねばならない。


パール判事が述べているように、戦後の私たち日本人は、戦勝国が作り上げた嘘の歴史を教わり、そしてその嘘の歴史を子どもたちにも教え、その結果、日本人としての誇りを失っております。

日本人として生まれながらも、「日本人としての誇り」が欠如していることが、大和魂が眠り続けている原因の一つでもあり、「男らしさ」が失われつつある理由と言えるでしょう。

捏造された大虐殺

そしてこの『東京裁判』の中で登場するのが、悪名高き「南京大虐殺」です。

旧日本軍は中国の南京において、6週間にわたって捕虜や市民を拷問し、2万人以上の女性をレイプし、殺害し、30万人以上の中国人が亡くなり、その被害者の多くは女性や子どもであった、そんなことが『東京裁判』で語られたのです。

しかし当時の日本人、特に軍人たちは世界で最も規律があり、モラルがあるために、どう考えても大虐殺など行うはずもありません。部隊規模でなければ大虐殺など不可能であり、また当時の証拠からも「南京大虐殺」が存在しなかったことも明確に分かっています。

アメリカは原爆投下をはじめとする民間人への無差別攻撃によって、50万人の日本人を大虐殺を行っております。そのためにアメリカをはじめとする戦勝国は、むしろ日本人こそが、30万人の大虐殺を行ったことにしたいのでしょう。

その他にも、「日本軍が中国において焼き尽くし（焼光）、殺し尽くし（殺光）、奪い尽くす（搶光）という三光作戦というものを行い、遊び半分で日本兵は中国人を殺戮した」などとも言われております。しかし「焼き尽くし、殺し尽くせ」という恐ろしい命令を米兵に下して、約60万人のフィリピン人を虐殺したのは、むしろアメリカのほうです。

日本人に「卑怯」の烙印を押して戦争を開始するためには、「真珠湾攻撃」が必要不可欠であり、そして日本人に「悪者」の烙印を押し続けて、「広島、長崎は正しかった」とするためには、彼らからしてみれば、「南京大虐殺」が必要不可欠なわけです。

しかしなぜアメリカのみならず中国までもが、この「南京大虐殺」に乗っかるのでしょうか？　それを知るためには、１９９８年８月、当時の中国の前国家主席である江沢民（こうたくみん）が、外国に駐在する大使を全て集めて言い放った、この言葉を知る必要があります。

> 日本という国はもはや政治大国にはなりえない。
> しかし日本は経済、技術においては大国であるから、それらの利益を利用することが中国にとって望ましい。そして我々中国が、それらの利益を日本から引き出すためには、日本の国柄を利用することが良い。
> そして日本という国は押せば引く国であるのだから、日本に対しては歴史問題を終始強調し、**永遠**に突き付けていくべきである。

このように中国共産党にとって、実は歴史問題は国家戦略であり、一つの重要な

「外交のカード」にしか過ぎません。そして実際に戦後の日本は、まるでATMのように、このカードによって、お金から、技術から何から何まで引き出され、さらには様々な侵略も許し続けております。

あるいは「混乱が続く国内をまとめ上げていくためには、外部に敵をつくって、国民の不満や怒りの矛先をそちらに向ける」という政治手法があります。そのために中国政府は、ありもしなかった「南京大虐殺」を、教育やマスコミを通じて徹底的に国民に教え込むことで、政府への怒りを日本に向けさせております。そういった意味では、中国政府にとって「南京大虐殺」は、「教育のカード」でもあります。

その結果、台湾には「親日感情」があるのに、中国には強い「反日感情」があるわけです。

普通に冷静に考えてみて、「防共同盟」を結ぶドイツの依頼に従うことなく、世界で唯一、ユダヤ人を国家を挙げて助けて、他民族や他人種を一視同仁に見て、「敵に塩を送る心」を持った侍たちが、南京大虐殺を行い、女性をレイプし、子どもまで殺害し、遊び半分で人間を殺戮できるでしょうか？

かつてイギリス人は船が沈没する際、日本人を助けることなく見殺しにしましたが、しかし日本人は戦時中、溺れているイギリス兵を助けました。そんな侍たちが、武器さえ持たない民間人に対して、大虐殺を行う必要がどこにあると言うのでしょうか？

つまり南京大虐殺をはじめとする『東京裁判』は、米中といった戦勝国のプロパガンダ（政治的宣伝）だったわけです。

そしてこの「東京裁判」と、「戦後の教育」と「マスコミ報道」の結果、多くの日本人が、「日本人は侵略と虐殺を行った悪い民である」という自虐的歴史観を持っているわけです。

「LGBTQ」の潮流が世界を襲い、「男らしさ」ということを語ることが憚られつつある時代だからこそ、パール判事が述べられたように、私たち日本人は男女を超えて、誤った歴史を書き改め、日本人として誇りを取り戻さなければならないのです。

壊されていく日本

他のために戦う公の心

さて、「男らしさ」を考えるにあたり、「真珠湾攻撃」から「東京裁判」までの近年の日本の歴史を振り返ってきました。

そしてここで、考えていただきたいこととして、自分の富や名誉のために戦う男と、世の中のことを考えて他の人々のために戦う男、どちらに「男らしさ」を感じるか、おそらくその答えは簡単であると思うのです。

つまり私たち人間は、「私の心」でもって私利私欲のために戦うのではなく、「公の心」でもって天下国家のために戦う男にこそ、「男らしさ」というものを感じ取るものです。

そして大和魂とは、まさに「公の心」であります。

そして野村望東尼が言われたように、その大和魂は誰の中にも神の形見の如く存在し、この魂を開花させていたものが武士道なわけです。

そして近年の歴史を紐解けば分かりますように、戦前までは確かに日本の公教育の中にも武士道があったのです。そのためにかつての日本男児たちは、「自分たちには子ども、女性、お年寄りを守る使命と責任がある」という自覚と責任を感じておりました。

しかしその武士道が、失われたわけです。

つまり「日本人にとって、先の敗戦というのは、武士道が失われていく一つのターニングポイントであった」ということです。日本の男たちのターニングポイント、それが先の大戦でした。

タイのククリット・プラモード元首相が、日本のことを「お母さん」と呼んで、「日本のおかげでアジアは独立できた」と述べた上で、「8月15日（終戦日）は、大切なお母さんが病の床に伏した日である」と語ったように、日本は敗戦日以来、病んでしまったことに、もう我々日本の男たちは気づかなければなりません。

では、どのようにして武士道が失われてしまったのか、次はその歴史を紐解いてみたいと思います。

プレスコードによる情報統制

日本人が、日本について知らされていない理由として、「東京裁判史観」とも言える「自虐的歴史観」を学校教育の中で教えていることと、やはりもう一つはマスコミにも大きな原因があります。

『国境なき記者団』の調べによれば、現在の日本の「報道の自由度」ランキングは、アメリカよりも、イギリスよりも、韓国よりも下の先進国最下位の68位（2023年）です。

ドイツ国民を欺き続けたナチスのヒトラーは、「大衆は小さな嘘より、大きな嘘に騙されやすい」と述べたと言われております。またヒトラーの右腕であった「政治宣伝（プロパガンダ）の天才」にヨーセフ・ゲッベルスも、「嘘も百回繰り返せば真実になる」と語ったそうです。

これらの言葉から分かりますように、大きな嘘を何回もつき続けられたら、私たち国民は、「政府がまさかそんな嘘をつき続けるはずがない」と考えて、信じてしまうことを意味しております。すでに述べたように日本は地政学的に恵まれているために、日本人は迫害や差別をくぐり抜けてこなかったために、特に「お人よし」な面があることを知っておくべきでしょう。

しかしなぜ私たちが暮らす日本は、ここまで「報道の自由度」のランキングが低いのでしょうか？

日本は、アメリカとの戦に敗れ、そして1945年9月2日、軍艦ミズーリ号の上において、降伏調印式が行われました。この降伏調印式より後、日本は約7年に亘って、GHQの占領下に置かれることになりました。

しかし実はこの7年間こそ、「日本人改造期間」の最初の7年間であったのです。

マッカーサーが厚木に降り立った1945年の8月30日から、日本国内において米兵による強姦事件が多発しました。

しかし9月19日には、GHQによって「プレスコード」が発令されました。5700人の日本人が雇われ、新聞、ラジオへの検閲が始まったのです。その報道規制の中には、「戦勝国や占領軍を批判してはならない」ということが明記されていました。『朝日新聞』がアメリカに対して批判的な記事を書くと、即刻、業務停止を受けました。『朝日新聞』は9月15日の新聞で、「『正義は力なり』を標榜するアメリカであっても、民間人への原爆の使用は国際法違反、戦争犯罪である」といった内容の記事を掲載しました。さらに9月17日付記事では、アメリカがフィリピンへ行なったことへの批判的な内容も記事にしました。こうしたアメリカに批判的な記事を書いたことで、『朝日新聞』は業務停止になりました。

そればかりかＧＨＱによって、一般市民の手紙や電報が月に約４００万通が開封され、検閲を受け、さらに電信や電話も盗聴されました。

その他にも１９４６年1月４日、「公職追放令」が発令されました。この発令によって１９４８年5月までの間に、ＧＨＱが快く思わない約21万人の日本人が、政府、民間の要職から消されました。敗戦後は物が無く、皆が貧しく、自分や家族が食べることに大変な時代でしたから、多くの日本人が、ＧＨＱによって仕事を失わないように気を張り詰めさせました。

貧しい時代の中、ＧＨＱが気に入らない日本人が仕事を奪われる一方で、ＧＨＱはわざわざ日本人をお金で雇って、同じ日本人を監視させました。

しかも占領下の日本では、米兵による暴行、殺人、強奪、強姦事件が日常的に発生していました。7年の占領期間中に傷害事件によって怪我を負った者は３０１２人、殺人事件は２５３６件、少なくとも3万件以上の強姦事件が発生したとされております。

南京において日本兵は、２万人の中国人女性に対してレイプなど行っておりませんが、日本において米兵は、数知れない大勢の日本人女性をレイプしたわけです。そのために日本人女性を米兵から守るために、わざわざ女学校を閉鎖するところさえありました。

白人たちは、日本でやりたい放題であったというのに、しかしマスコミは「占領軍への批判」に繋がるために、米兵によるレイプ事件を報道できませんでした。

1946年4月には、約300人ほどの米兵が東京・大森の中村病院に乱入し、約一時間に亘って病院中を荒らし回りました。これによって約100人の妊婦を含む患者や看護婦らが強姦され、生まれたばかりの子どもまで殺害されたのです。

しかし戦後の日本のマスコミは、この重大な真実は報じることができませんでした。そのために日本人女性の警戒心が薄れてしまい、ますますレイプ被害が多発しました。実はこうした惨劇は、1972年まで返還されなかった沖縄でも同様でした。ベトナム戦争に出かける前に、死に直面して自暴自棄になった米兵たちが、沖縄で暴れまわっていたのです。その米兵の傍若無人ぶりは、沖縄県民の怒りによる暴動にまで発展しました。

戦後のマスコミ関係者たちは、「プレスコード」と「公職追放」を常に気にして、ビクビクしながら記事を書かざるを得ない状況でした。真実を書くためにマスコミ人になったというのに、真実を書きたくても書けなかったわけです。

しかも事後検閲でした。つまりもしも新聞や雑誌、書籍を発刊してから後、ＧＨＱから「ＮＯ！」を言われたら、その紙代、印刷代、輸送量は大きな損失がでます。作家にして評論家である江藤淳氏は、ＧＨＱによる言論統制について、著書『閉ざされた言語空間』のなかで次のように述べております。

> 検閲を受け、それを秘匿するという行為を重ねているうちに、被検閲者は次第にこの網の目にからめとられ、自ら新しいタブーを受容し、「邪悪」な日本の「共同体」を成立させてきた伝統的な価値体系を破壊すべき「新たな危険の源泉」に変質させられていく。
>
> この自己破壊による新しいタブーの自己増殖という相互作用は、戦後日本の言語空間のなかで、おそらく依然として現在もなおつづけられているのである。

またＧＨＱは、国旗の「日の丸」を掲げることも、国家の「君が代」を斉唱することも国民に禁止しました。まさに息苦しい監視社会の中、日本人の日本人としての誇りは、ズタズタに引き裂かれていきました。

つまり占領下の日本は、米兵たちが我が物顔でやりたい放題な一方で、凄まじい監視社会であり、そこに言論の自由など欠片も存在せず、日本の人々はビクビクしながら窮屈な暮らしを送らなければならなかったわけです。

戦争は悲惨なものであり、外交によって出来るだけ避けるべきものですが、しかしこうした事実を見ていくと、戦争に敗れることはさらに悲惨であることが分かります。1945年の9月2日の「日本の敗戦」、それは「報道の自由」が日本のメディアから消えた瞬間であると同時に、日本人から、「日本人としての誇り」が奪われていく瞬間でもあったわけです。

彼らのマスコミ思想

彼らの「日本人改造計画」を見破っていくためには、彼らのマスコミにおける思想にも、目を向けておく必要があります。

たとえばかつてアメリカに、ウォルター・リップマンというユダヤ人がいました。彼はジャーナリズムで最も権威があると言われている『ピューリッツァー賞』を二回も受賞していて、「現代ジャーナリズムの父」とまで称されました。しかし彼は、自身の著書『世論』の中で、私たち大衆のことを「大きな獣」とも、「困惑した群れ」とも評した上で、次のように述べています。

「大衆（マス）に対して、自分たちが民主的な権力を行使していると幻想を抱かせなければならない。

　この幻想はエリート層によって支配されている大衆の同意（意見・世論）を、作り出すことによって形成されなければならない」

　つまりアメリカで、「現代ジャーナリズムの父」とまで称された人物が、「民主的な権力は幻想であり、大衆には幻想を抱かせておかなければならない」と述べているわけです。

　また「プロパガンダ（政治宣伝）の専門家」に、エドワード・バーネイズというユダヤ系アメリカ人がおりました。彼も「広報の父」とまで呼ばれ、プロパガンダ（政治的宣伝）の専門家であり、『ライフ』という雑誌では、「20世紀最も影響力のあるアメリカ人１００人」にも選ばれております。

　その彼も、自身の書籍『プロパガンダ』の中で、大衆について、「不合理な本能に従って動く群れ」と表現した上で、ウォルター・リップマンと同じく、こう述べております。

「世の中の一般大衆（マス）が、どのような習慣を持ち、どのような意見を持つべきかといった事柄を、相手にそれと意識されずに知性的にコントロール（誘導）することは、民主主義を前提とする社会にとって非常に重要である。この仕組みを大衆の目に見えないカタチでコントロール（誘導）することのできる人々こそが、『目に見えない統治機構』を構成し、真の支配者として君臨している」

ウォルター・リップマンにしても、エドワード・バーネイズにしても、彼らの言葉から読み解ける「マスコミ思想」は、どちらもねじ曲がっていることが分かります。そのねじ曲がった「マスコミ思想」を一言で言えば、「いかに国民に民主主義が存在しているという幻想を抱かせ、国民を誘導できるか」ということです。

しかしアメリカでは、こうしたマスコミ思想を持った者たちが、「現代ジャーナリズムの父」とか、「広報の父」として高い評価を受けているのです。そしてその国に日本は戦争で敗れたわけです。

日本国憲法の正体

では、「戦後の日本」とは一体、何なのでしょうか？

そして現憲法を見れば、「戦後の日本」が見えてきます。

「法律」というものが、少しでも多くの人間が、より幸せに暮らしていけるために、国民の自由を正しく規制することを目的としているのに対して、「憲法」というものは、国民が幸福に暮らせるために、国家権力などを規制する国家の基本方針です。つまり憲法とは、国家の理念であり、国家の精神であり、「国をカタチづくるもの」なわけです。

江戸時代には「憲法」というものはありませんが、日本では明治維新以降、この「憲法」というものが国家を形作ってきました。こうした憲法によって行う現代の政治のことを、「立憲政治」と呼びます。だからこそ現憲法を見れば、現在の日本の姿が分かるわけです。

そして敗戦から約2年後の1947年5月3日、日本は憲法を改正し、そして現憲法が施行されました。

この憲法は、あたかも日本人が作成したように見せかけられているものの、GHQの民政局が1949年に発刊している『日本の政治的再編　1945年9月～1948年9月』によれば、日本人が作った「憲法案・松本試案」は、GHQから拒否されたことが分かります。その代わりにGHQが憲法草案を書いて、これを元手に日本人に作らせていることが明確に、明記されています。民政局とは、GHQの中でも占領政策の中心を担った内部組織のことです。

「護憲派（左翼・共産系）」と呼ばれる「憲法を守ろう」とする人たちは、「アメリカが現憲法を作ったのではない、日本人の手によって現憲法は作られた」と信じて、主張し続けています。しかしGHQ自身が『日本の政治的再編』という書物の中で、「戦後の日本の憲法草案はGHQが作った」と、その事実を明確に認めているわけです。

単純に言って、戦後の日本の憲法は米国産なわけです。

そしてスタンフォード大学の西鋭夫という方が、『誕生秘話「昭和憲法」の朝』というPDFコラムの中で、驚きの事実を明らかにしています。機密解除されたGHQの資料を読み解くと、日本の命運は1946年2月13日の午前10時から、午前11時10分までの「約70分で決まった」ということが分かるのです。

西氏の調べによれば、GHQのマッカーサーは厚木基地に上陸して早々に、日本側に「新憲法の草案を提出せよ」と要求したといいます。しかし実はこれも国際法違反です。なぜなら国際法『ハーグ条約』の第43条には、「占領国の法律を尊重する事」とあるからです。つまり国際法によれば、戦勝国と言えども敗戦国に入ったのならば、その国の法律や憲法に従わねばならず、それらを自分たちの思い通りに変えてはならないわけです。

しかし日本にやって来たマッカーサーは、日本側に憲法を変えるように要求しました。このマッカーサーの要求を受けて、当時の幣原（しではら）総理大臣は、法律の第一人者でもあった松本烝治（じょうじ）国務大臣に憲法草案作成を指示しました。

しかしマッカーサーは、その日本人が作った松本憲法草案に対して、「これでは明治憲法と変わらない」と激怒しました。そしてマッカーサーは「天皇の存続」、「戦争放棄」、「封建制の廃止」などといったメモ書いて、それをGHQ民政局に渡して、この三原則に基づいて「憲法草案を書け」と命じました。このメモ書きのことを、通称「マッカーサー・ノート」と呼びます。

命じられたGHQ民政局は、この「マッカーサー・ノート」を基に、たったわずか8日間で憲法草案を完成させました。実際に書いたのは、チャールズ・L・ケーディスというユダヤ人でした。

そして1946年2月13日、当時、外務大臣であった吉田茂は、外務大臣官邸でGHQとの会談に臨み、そのGHQが8日間で作成した「憲法草案」を手渡されました。西鋭夫氏の著書『誕生秘話「昭和憲法」の朝』によれば、マッカーサーの右腕コートニー・ホイットニー准将は、日本側に次のように伝えたといいます。

「マッカーサー元帥は松本憲法草案を嫌悪しておられるので、今日は我々GHQが作成した模範的な憲法草案を持ってきた。

このGHQ草案に基づいて、即急に日本版の憲法を作成せよ。

もし、あなたたちが改正案を速やかに提出しなければ、元帥は天皇を守りきれなくなる」

つまりこれは、「マッカーサーは天皇陛下を守りたいのだが、しかしGHQの憲法草案を受け入れなければ守り切れない、我々の憲法を受け入れなければ天皇陛下は死ぬ」、というGHQによる日本への脅しでした。またもや日本はアメリカに脅されたわけです。

この会談に同席していたホイットニーの部下3名が、会談直後にGHQ本部に戻り、この時の脅迫めいたやり取りを書き残しています。厳密には、ホイットニー准将はこう述べたそうです。

天皇を戦犯として軍事裁判にかけよ、と連合軍諸国からの圧力は強まっております。

あなた方がご存知かどうか知りませんが、元帥はこの圧力から天皇を守る決意をされておられます。

元帥はこれまで天皇を擁護してきました。なぜなら元帥は天皇を守ることが正義だと考えておられ、今後も力の及ぶ限りそうされるでしょう。

しかし元帥といえども神のように万能ではありません。

元帥は日本がこの新憲法草案を受け入れるのなら、誰も天皇に手が出せないように全力で尽力されるでしょう。

新憲法を容認すれば、日本が連合軍の占領から独立する日もずっと早くなります。草案を受け入れれば、あなた方の権力が延命します。受け入れなければ、あ

> なたたちの政治生命は速やかに終焉を迎えます。
> 西鋭夫『誕生秘話「昭和憲法」の朝』

つまり「我々が作成した憲法を受け入れなければ、天皇陛下の命とお前たちの政治生命が危ないぞ！」と脅しているわけです。そして吉田外相は、この件を極秘にしておいてもらいたいと米国側に願い出たわけです。そしてホイットニー准将は、吉田大臣のこの願いに対して「これまでも秘密が守られてきたように、これからも秘密は守られるでしょう」と約束したそうです。

さらにホイットニー准将は、「このことを内密にしておくことは、あなた方にとって好都合であり、あなた方を守るためでもあるのです」と吉田茂を諭して、会談を終えたそうです。

このように「天皇陛下の命はない」と「吉田茂らの政治生命も危ない」と脅されて、日本はGHQから憲法草案を突き付けられました。

そして「GHQによって松本憲法草案が退けられ、脅されてGHQ草案を突き付けられて、この憲法草案を基に日本人が憲法を作成した」という歴史的事実を知らない人々が、「アメリカが現憲法を作ったのではない、日本人の手によって現憲法は作られた」と主張しているわけです。

ちなみに現憲法の日本語が少しおかしいのは、英語で作られたＧＨＱの憲法草案を日本語に直訳しているから、とも言われております。

すでに述べましたように、立憲政治の上では憲法こそ国家の基本精神であり、憲法とはまさに国をカタチづくるものです。ですから米国産憲法を押し付けられることによって、敗戦を機に米国産の日本が誕生したわけです。

ＧＨＱ憲法第八条

では、米国産の憲法とは、果たしていかなるものなのでしょうか？

ＧＨＱが突き付けた憲法草案の第８条にはこうあります。

「国家の主権による戦争は廃止する。他国との紛争解決の手段として、武力による威嚇ないし行使は永久に放棄する。

陸海空軍ないしその他の潜在的な戦力の保持を将来にわたり認めない。交戦権が国家に与えられることもない」

そしてこれが、現日本国憲法では、9条に記されています。


「日本国民は、正義と秩序を基調とする国際平和を誠実に希求し、国権の発動たる戦争と、武力による威嚇又は武力の行使は、国際紛争を解決する手段としては、永久にこれを放棄する。

前項の目的を達するため、陸海空軍その他の戦力は、これを保持しない。国の交戦権は、これを認めない」


GHQの憲法草案の8条も、現日本国憲法の9条も、共に「マッカーサー・メモ」に記されてあった「戦争の放棄」を第1項で定めて、そして第2項では、その第1項を守るために「戦力の不保持」と「交戦権の否認」を定めております。

つまり普通の日本語として読めば、米国産の現憲法は、「自衛隊さえ憲法違反」ということになるわけです。

これでどうやって、日本の平和を守り抜いていくことができるのでしょうか？

なぜなら残念ながらこの「地球」と呼ばれる美しい惑星は、未だに核兵器をはじめとする軍事力に基づいて動いてしまっている、という醜い現実があるからです。

たとえば一介の主婦が暴力団の事務所に出向いて、どんなに素晴らしく、美しい正論を唱えたところで、暴力団員たちは覚せい剤を売りさばき、拳銃の所持をやめないでしょう。これと同様にある国がどんなに素晴らしい正論を唱えたところで、軍事力を担保に持っていなければ外交さえ行えない、それが私たち人類が築き上げている、この「地球」という美しい星の醜い現実なわけです。

単純に言ってしまえば、世界はまだ戦国時代の様相から脱し切れていないわけです。

マッカーサーからの指令を受けて、憲法草案を書いたチャールズ・L・ケーディスでさえも、次のように述べております。

「私の記憶では『日本は自国の防衛のためでさえも戦争を放棄する』という趣旨の記述がありました。

この点について、私は『道理に合わない』と思いました。すべての国は自己保存のための固有の自衛の権利を持っているからです」

憲法草案を書いた人物でさえ、自国を守る権利さえ持ち合わせない米国産憲法に疑問を抱いたわけですが、では、どうやってこれまで日本は、戦国時代の国際情勢の中を生き抜いてくることができたのでしょうか？

子ども、女性、お年寄りを守る使命と責任が、我々男にはあるのですから、やはりこの近年の歴史も知っておくべきでしょう。

日米安保という片務条約

憲法制定から4年後の1951年9月8日、「サンフランシスコ講和条約」が締結されました。この条約によって、効力が発効される翌年の1952年4月28日から90日以内に、GHQ・米軍は完全に撤退し、そして「プレスコード」という報道規制も無くなるはずでした。

しかし当時はすでに、アメリカをはじめとする資本主義国と、ソ連をはじめとする共産主義国が戦う「冷戦」の代理戦争の時代が幕を開けていました。1950年から、日本のすぐ近くの朝鮮半島では、すでに朝鮮戦争が始まっていたのです。

そんな戦国時代の中で、米国産の憲法によって自分の国さえ守れない日本から、もしもGHQ・米軍が撤退してしまったら、日本はソ連や中国といった共産主義国から攻撃を受けて、侵略されてしまう恐れがありました。

実際に中国は、チベットや東トルキスタンという国々を、第二次大戦後の混乱のどさくさに紛れて侵略して、領土拡大を行っていました。あるいは実はソ連も、「日ソ不可侵条約」を一方的に反故にして、終戦を迎えた8月15日の3日後の18日に、日本の北海道の占守島に戦いを仕掛けてきていました。この「日ソ戦争」は9月5日まで続きました。

この「占守島の戦い」において、ソ連軍の日本侵攻を阻み、軍神の如く活躍したのが、2万人のユダヤ人を満州で救った樋口季一郎陸軍中将でした。実のところソ連のスターリンは、日本を侵攻して福島県あたりまで攻める予定であったと言われております。しかしスターリンは、その出鼻をいきなり北海道で挫かれ、プライドを傷つけられました。そのためにスターリンは、『東京裁判』において、わざわざ樋口陸軍中将を「戦犯」として処刑するように求めたのです。しかし「世界ユダヤ人会議」は、いち早くこの動きを察知して、自分たちを救ってくれた樋口陸軍中将の命を救うことに貢献するのです。

このように先の大戦が終わっても、戦国時代が終わったわけではありませんでした。そして日本が、戦後の戦国時代を生き抜いてくることができたのは、GHQ・米軍撤退が決まった「サンフランシスコ講和条約」が締結された同じ日に、ある条約が結ばれていたからです。それが「(旧)日米安全保障条約」であり、この条約の発効も、「サンフランシスコ講和条約」の発行の日と、まったく同じ1952年4月28日でした。

この「旧・日米安保」によって、日米両国は共同で互いに防衛することとなりました。

しかしすでに当時の日本は、GHQによって押し付けられた憲法9条によって、自衛隊さえ違憲であり、自分の国さえ守れない状態にありました。そんな国が、どうして世界最大の軍事国家であるアメリカと、お互いに防衛し合うことができると言うのでしょうか？

こうして「日米安保」は、ただただ、アメリカだけが一方的に日本を守る、いわゆる「片務条約（へんむじょうやく）」となりました。すなわち「日米安保」とは、日本とアメリカが共同で互いに防衛する条約のはずなのですが、しかし日本は、アメリカが戦争を行う際に、その戦費を出したことがあっても、アメリカを防衛したことなど一度もないわけです。そして今現在、中国などの周辺国を恐れる日本にとって、残念ながら「日米安保」は命綱のような状態となってしまっております。

カタチだけの主権回復

そして日米安保の具体的な取り決めとして、1952年2月28日、「日米行政協定」が結ばれました。この協定によって、北海道から沖縄まで、在日米軍の設置が具体的に決定されたのです。つまり「サンフランシスコ講和条約」によって、GHQ・米軍は完全撤退するはずだったのですが、「日米安保」とこの「日米行政協定」によって、日本国内に米軍が設置されることが決定したわけです。

1960年、「日米安保」の改定に伴って、この「日米行政協定」は見直され、「日米地位協定」が締結されました。この「日米地位協定」によって、日本の領空、領土は、完全に米軍によって実行支配されることになりました。

そのために首都東京の上空は、「横田空域」と言って、米軍の管轄下にあります。「横田空域」は、日本の首都8県におよぶ横田米軍基地の管轄下にある空域のことです。日本の領空であるはずなのに、日本の旅客機は米軍の許可がなければ、この「横田空域」を通過できません。

この横田空域の中に入ったら、撃ち落とされても文句は言えないのです。1便ごとに許可を取らなければならないために、旅客機は面倒なので、この空域を避けて通っております。そのために東京の羽田空港から大阪の伊丹空港までは、本当はわずか30分くらいで着くはずなのに、東に一度、迂回しなければならず、だから約1時間もかかっているわけです。福岡などの九州方面に行く旅客機は、わざわざ高度をかなり上げて、この横田空域を回避しなければなりません。

実はこの「日米地位協定」によって、日本の航空機が守らなければならない「航空法」は、米軍航空機には一切、適用されていません。「航空法」とは、「最低高度」、「制限速度」、「飛行禁止区域」などを定めた法律のことです。つまり米軍航空機は、日本の領空を自由に飛べる一方、むしろ自衛隊航空機や日本の旅客機こそが、在日米軍に気を遣わなければならないわけです。

戦争において、その領土の上空を制圧することを「制空権を取る」と言います。これが非常に重要なのですが、しかし戦後の日本の「制空権」は、ずっとアメリカ側にあるわけです。

また日本の地上の領土も潜在的には、完全に米軍の支配下にあります。なぜなら「アメリカの財産がある」と指定された場所は、その日本の領土に、いかなる権力者であっても、日本人は誰一人として足を踏み入れることができないからです。たとえば沖縄国際大学に米軍ヘリが墜落した際、米兵によって「ＫＥＥＰ　ＯＵＴ」のテープが張られ、誰も日本人は、その日本の土地に入ることが許されなかったのです。

自衛隊の航空機や戦艦には、「敵味方識別装置（ＩＦＦ）」というものがあり、これは間違って味方を攻撃する「同士討ち」を防ぐために、電波などを使って味方を確認するものです。元航空自衛隊員であり、一時期は阿久根市の市長も務められた竹原信一市議会議員は、この「敵味方識別装置（ＩＦＦ）」と日本の現状について次のように述べています。

「東京上空の制空権、管理権を持っているのはアメリカです。
日本は独立国ではありません。
自衛隊の敵味方識別装置はアメリカのものです。
すなわち自衛隊は米軍の下部組織です」

　つまり彼らは、日本に「憲法改悪」を行わせて、自国さえ守れない憲法を日本に押し付けておいて、「サンフランシスコ講和条約」によって、カタチだけ日本の主権を回復させて、表向きにはGHQ占領軍・米軍を撤退させつつも、しかし「日米安全保障条約」という片務条約によって、そのまま在日米軍の設置を決めて、さらに「日米地位協定」によって、莫大な特権を米国側にだけ与えたわけです。

　子どもが「オモチャが欲しい」、「お菓子が欲しい」と駄々をこねた際、大人は「また今度ね」とか、「こっちのお菓子のほうが美味しいよ」などと述べて、「子ども騙しの手」で何とかその場をやり過ごすものです。これと同様に、アメリカは「憲法改悪」、「サンフランシスコ講和条約」、「日米安保」など、何とも「子ども騙し」の手を使うことで、「対等ではない歪んだ日米関係」を築き上げたわけです。

　男のみならず日本の大人は、この「歪んだ日米関係」を見抜かなければなりません。なぜなら実は、この歪んだ日米関係が、私や貴方の暮らしに大きく関係しているからです。

戦後日本の悲しき姿

金融核爆弾

本書では、あまり政治的なことには触れたくはなく、あくまでも「男らしさ」、「生き様」、「大和魂」をメインテーマにしたいものですが、しかし敗戦国の経済的な苦しみの面も、少しだけご紹介しておきましょう。

日本は先の大戦に敗れ、東京は焼け野原となり、広島、長崎は悲惨な焦土と化しました。

しかし日本人は、「勤勉な国民性」ゆえに、欧米人が作り上げた車、あるいはテレビなどの電化製品を、自分たちの手によって、より良質なものへと作り上げました。そのために日本は戦後、驚異的な復興をみせました。かつてたった2丁の火縄銃を量産したが如く、戦後の日本は、自動車産業、電機産業の発展によって、わずか数十年で、あっという間にアメリカの経済力に追いついてしまったのです。

するとアメリカは日本に何をしたか？

1980年代初頭、「日本製」が一つのブランドとなり、世界中で「メイド・イン・ジャパン」の商品が売れに売れまくって、日本は貿易黒字となりました。そのために日本には、たくさんの「ドル」がありました。

当時は1ドル240円くらいです。しかしアメリカの要求によって、敗戦国の日本は「プラザ合意」をせざるを得ませんでした。この「プラザ合意」によって、円相場はわずか1日で、1ドル約20円下落し、翌年には150円台になり、やがて120円台となり、今も円高が続いております。

これはどういうことか？

日本人がたくさん良質のものを作って、それを海外に100ドルで売ったとします。1ドル240円ならば2万4000円の儲けです。しかし1ドル120円ならば、1万2000円の儲けであり、利益は半分になったことを意味します。つまり100万ドルの資産を持っていた企業や個人は、その半分の1億2000万円をわずか数年で失ったわけです。

単純に言って、戦勝国アメリカによって敗戦国日本に押し付けられた「プラザ合意」というものは、日本人が汗水流して働いた利益（貿易黒字）を、強引に、力業で半分以下にまで下げさせられるための合意だったのです。

この「プラザ合意」は、金融戦争における核爆弾でした。

しかしそれでも日本人は負けなかったのです。

「半導体」という次世代技術において、世界を牽引できるところまで、日本人は技術開発を進めていたからです。半導体は、電化製品のように店頭で販売されていないので、機械に詳しくない方には、なかなか分かりにくいかもしれません。しかしパソコンや電化製品の中を開いてみると、内部に基板のようなものがあります。あれが半導体であり、半導体はパソコンからあらゆる電化製品、交通や通信など、あらゆるところで利用されており、すでに私たちの暮らしには欠かすことのできない存在です。

日本人はこの「半導体技術」によって、21世紀の技術力において、世界を先駆けていくはず・・・でした。

しかし「日米半導体協定」が、「プラザ合意」の翌年の1986年に結ばれました。

この協定の正式な内容は非公表ですが、明らかにされている内容を単純に言えば、「敗戦国の日本よ！　戦勝国のアメリカ様が、まだ半導体技術の開発途中なんだから、勝手に半導体を造って世界中に売るな！　日本国内でも外国産の半導体を輸入して使え！」というものでした。

そのために各企業の半導体技術者たちは、窓際へと追いやられました。半導体を作りたくても、アメリカに監視されて作れないからです。その結果、日本の半導体技術者たちは、週末の金曜日に韓国や台湾といった近隣諸国に出かけて、土日に外国企業で半導体を造り、月曜の朝には日本に帰国して出社し、また窓際に座る、という本当に愚かしいことが行われました。

今や「物づくりの日本」が、半導体技術では完全に海外に出遅れておりますが、やはりこれも「金融的な核爆弾」であったと言えるでしょう。

しかも90年代に入ると、アメリカの内政干渉は、さらに勢いを増して、「年次改革要望書」というものを日本に突き付けてきました。

「年次改革要望書」とは、日本政府とアメリカ政府が、両国の経済発展のために、改善が必要である、と考える相手国の問題点についてまとめたものです。しかし冷静に考えてみてください。「日米安保」でも、アメリカが在日米軍を日本に置いて、日本はお金を出している片務条約となっているように、日本の要望がアメリカに通るでしょうか？　逆に、アメリカの要望を日本が拒否できるでしょうか？

実際に、小泉・竹中政権の時代、日本はアメリカからの「年次改革要望書」に従うように、「派遣法」を変えてしまいました。この「派遣法の改悪」によって、それまで禁止されていた製造業でも派遣社員を使えるようになり、急激に正社員が減って派遣社員が増えたのです。

「アメリカから派遣法を変えるように指示があった」、これは紛れもない事実であり、こうしていつしか日本は世界で一番、派遣社員の多い国となってしまいました。

そして正社員が激減したことで、かえって正社員の負担は増えました。なぜなら正社員と派遣社員がまったく同じ仕事をして、それで3倍の給料をもらうわけにはいかないからです。こうしたことから仕事の負担が増えた正社員と、給料が減った派遣社員の双方にストレスが生じて、さらに日本はストレス社会となりました。

こうしたこともあって精神疾患に苦しむ人は、今では約600万人を上回りました。鬱病は「自殺予備軍」と言われ、実際に自殺してしまった人の中には、精神疾患であった人が大勢おりますが、これと米国から要求された「派遣法の改悪」は無関係ではないのです。

そして派遣社員が増えると、国内で回っていくお金、いわゆる「内需」が減るために、経済においては大打撃です。一人一人の財布の中が少なくなれば、必然的に国内で使われるお金の量が減るからです。

実はその他にもあげればキリがありませんが、「プラザ合意」、「日米半導体協定」、「派遣法改悪」などは、ペリー率いる黒船がやって来て、強引に結ばされた「日米修好通商条約」以上に不平等なものであり、金融戦争における核爆弾だったのです。

「特別会計」‐税金の詐欺

日本の政治の闇にも、少しだけ触れておきましょう。

現在の日本では、数年おきに消費税が上がっていますが、実は政府は『経団連』や『経済同友会』の意向を受けて、消費税は16％、25％と、さらなる増税を行おうとしています。消費税を上げる代わりに、企業が支払う法人税を下げれば、中小企業が潰れて大企業だけが一人勝ちするからです。

しかし国会で議論している税金は、タテマエ予算の「一般会計」ばかりです。「一般会計」とは、国民が支払う税金、つまり税収が約50兆円、政府の借金（赤字国債）が約50兆円です。しかしその背後にあるホンモノ予算「特別会計」については、まったく議論されていません。その額は「一般会計」が約100兆円であるのに対して、「特別会計」は約400兆円です。「一般会計」と「特別会計」は複雑に、相互に行ったり来たり、繰り入れ代えられているために、日本の国家予算の純計額は約240兆円です。

さて、これらの膨大な税金は、どこでどのように使われているのでしょうか？

2001年、国会の予算委員会において、民主党の石井紘基議員が、当時の宮澤喜一財務大臣に、「特別会計がいくらになっているかご存知ですか？」と訊ねると、宮澤大臣は「一度調べて～」と、ただ慌てて語るだけで、何も答えられませんでした。日本の本当の国家予算である「特別会計」は、複雑怪奇になっているために、一般の議員はおろか、財務大臣でも全体を把握することが困難です。

そこで民主党の石井紘基議員は、憲法で認められている国会議員が持つ権利、「国政調査権」を使って、「特別会計」を徹底的に調べあげました。そして2002年、石井議員は「特別会計」がどうなっているか、どこでどのような使われ方をしているのか、それを国会で明らかにしようとしました。彼は周囲の人々に、「これで日本がひっくり返る」と話していたそうです。

するとと国会で「特別会計」を明らかにするその3日前に、彼は刺されて殺されてしまいました。

彼を殺したのは、「右翼」を標榜する在日朝鮮人の暴力団員、本名「尹白水」、通名を「伊藤白水」と言います。尹は、刑務所の中でテレビの取材を受けて、「4500万円をもらって殺害を頼まれた」と明確に答えております。

石井議員の家族の話によれば、事件の6日前には、石井議員は「車に追われている」と口にして知人のところへ駆け込んだり、事件の2日前には、まるでリンチにでもあった様子で夜遅くに帰ってきたりしていました。

また刺された事件当日も、救急車が到着する前に、すでにパトカーが何台も来ていたために、狭い道路を救急車が入れず、迅速に救急処置ができませんでした。さらに刺された石井議員が病院へ運ばれる際には、彼の妻さえ、救急車に乗ることを認めてもらえなかったのです。

しかも最も興味深いこととして、石井議員の手帳と彼の鞄の中の資料は、警察が押収した事件の証拠品の品目の中から消えていました。

今なお特別会計の真相は闇の中ですが、石井紘基元議員の娘の石井ターニャさんは、ダンボール数十個にもおよぶ父の遺品である書類の山を徹底的に調べて、殺された父が何を調べ、何にたどり着いたのか、それをまとめあげました。そして私が親しくさせていただいているジャーナリストで、経済誌『フォーブス』の元太平洋支局長のベンジャミン・フルフォード氏は、その石井ターニャさんを取材しました。

結局、日本の「特別会計」はどこに消えていたのか？　ベンジャミンによれば、それは単純に言って、「究極の無駄遣いによって海外に消えている」と言います。彼のたとえを使うならば、ワンルームの狭い窮屈な家に住みながら、高級な液晶テレビを4台も、5台も無駄に購入しているようなもので、その買付先は、すべて海外の多国籍企業だそうです。

冷静に考えて、日本の国防費がわずか約5兆円であるのに対して、医療費は9倍の約45兆円くらいです。抗がん剤ペグイントロンは1グラムで3億3170万円です。今、長引く不況によって、生活保護受給者が増えておりますが、そうした人たちは原則として、医療費は無料であり、国が税金で負担しております。

自民党は「消費税1パーセント増税につき2兆円の税収」などと述べて、増税を繰り返してきました。そしてたしかに増税すると、短期的に一時期は税収が増えましたが、しかし結局、消費増税の度に不況を拡大させて、倒産する会社と失業者も増やしてきました。つまり長期的に見て、ただの一度も増税によって、税収が増えたことはありませんでした。

消費税の導入、そして消費税の増税は結局、日本そのものを貧しくさせ、格差社会を拡大させてきたのです。その結果、日本の出生率を下げて、自殺者や変死者を増やしてきたのです。

はたらけど、はたらけど、税金が上がって、不況が拡大して、暮らしが楽にならない。だから経済苦を理由に結婚できない人、子どもを作らない夫婦が増え、生涯無子の男性が間もなく二人に一人の時代になろうとしているのです。

しかし「特別会計」という莫大な税金は、ただの一度も国会で議論されず、「これで日本がひっくり返る」と話していた石井紘基議員は、この特別会計を国会で明らかにしようとしたら、その3日前に暴力団員に殺されてしまったわけです。そしてジャーナリストの調べによれば、その莫大な税金は結局、「無駄遣い」というカタチで海外の多国籍企業に垂れ流されているといいます。

これを沈黙することは、男としてどうなのでしょうか?

築かれる戦争世論

先の敗戦以来のアメリカと日本の関係について述べてきましたが、しかし「アメリカ人は酷いな〜」と思ってしまうのは早計です。なぜなら大半のアメリカ国民が、被害者だからです。

その事実を理解するには、1961年に行われた、アイゼンハワー大統領の退任演説を振り返る必要があります。彼はそこで次のように述べました。

「我々は、政府に対して、軍産複合体による不当な影響力を排除しなければならない。誤って与えられた権力がもたらす悲劇は存在し続けるでしょう」

つまりアイゼンハワー大統領は、「アメリカ政府に対して軍産複合体という、誤って得られた不当な影響力、権力が存在している」と述べたわけです。「軍産複合体」とは、戦争で利益を得ている軍需産業・武器商人を始めとした存在の総称のことです。つまり軍産複合体とは、軍需産業、建設会社、医療製薬会社、食品水道会社、マスコミ・広告代理店などの超巨大な多国籍企業のことです。

たとえば1991年に湾岸戦争がありましたが、当時のイラクは、クウェートという隣国と国境をめぐって争っていました。当時のアメリカ大統領パパ・ブッシュは、フセインに対して「我々アメリカはイラクとクウェートの国境問題に対して、何も発言する立場にはない」と伝えました。

イラクのフセインは、アメリカからのこうした「クウェート侵攻のGOサイン」とも言えるメッセージを受けて、クウェート侵攻を開始しました。するとブッシュは手の平を返して、「フセインはケツを蹴られるのさ！」と勇ましく語り、アメリカ国民の戦意を高揚させようとしました。

しかしアメリカ国民は戦争に反対でした。アメリカ国民の多くが、「なぜ中東の領土問題で、アメリカが戦争しなければいけないんだ」と考えていたからです。「自他ともに厳しい」という一面があるとは言え、多くのアメリカ国民は戦争よりも、平和を望んでいるわけです。

そこで人々の前に現れたのが、世にも有名な「ナイラ」という一人の少女でした。彼女はクウェート人で、諸事情があって下の名前しか明かせないと語りました。そして彼女は、イラク兵がいかに残虐で、クウェートの人々がどれほどヒドイ目に遭っているかを、涙ながらに語ったのです。

「クウェートに侵攻してきたイラク兵は武器を持たない市民に銃を乱射し、病院にまで侵入して赤ん坊を床に叩きつけて……」

ブッシュ大統領は、40日間に10回もこの証言を引用して演説しました。世界中のマスコミが、何度もナイラの涙の会見を報道しました。そればかりか「フセインは石油を海にばら撒いた」として、波打ち際で石油まみれになった水鳥の映像まで報道されました。こうして世界中の人々が、「イラクのフセインという男は、ヒトラーのような狂った男だ」と騙されていきました。そしていつしか国際世論は「戦争反対」から

「戦争賛成」に変えられ、湾岸戦争が始まりました。

しかしナイラは、たしかにクウェート人の少女ですが、ただの一度もクウェートに行ったことはなく、石油マネーでアメリカで優雅に暮らすスーパーセレブであったことが、後の調べで明らかになりました。また石油まみれの水鳥の映像も、ただの石油タンカー事故の無関係のものでした。この背後で活躍していたのが世界的な広告ＰＲ会社、広告代理店『ヒル・アンド・ノウルトン』だったことも分かっております。

この「世紀の嘘泣き」のために、「戦争世論」が築き上げられて、湾岸戦争では２万から３万５０００もの人間が命を落としました。しかしその一方で、軍需産業の利益は湾岸戦争をはさんだわずか二年だけで、80億ドルから４００億ドルに跳ね上がりました。これは１ドル１００円で計算すると８０００億円から４兆円になったということです。

戦争は健康な人間を障害者に変えてしまい、町を一瞬で瓦礫の山と化し、人々の暮らしを原始時代にまで戻してしまう悲惨なものです。そして子ども、妻や夫、両親といった家族、あるいは友人などの愛する人々を奪い、生き残った人からは夢や希望まで奪ってしまうこともあります。そのために今も年間に６０００人から８０００人もの米兵が自殺しており、これは約1時間に一人の割合です。

しかし軍産複合体からすると、「平和」ではなく「戦争」こそ最も利益となります。

なぜなら武器が売れるだけではなく、新たな油田を確保できるからです。そればかりか「復興支援」と称して、巨大建設会社が入るからです。さらにその国はその後、政府も、マスコミも、医療も、教育も、軍産複合体の思い通りとなります。

すでに述べましたように、敗戦後にやってきた米兵たちは、東京都大森の中村病院に入り、暴れまわり、妊婦までレイプして赤ん坊を殺しましたが、この事実を日本のマスコミは報道できず、そのために日本女性は米兵の被害に遭い続けました。しかし皮肉にも、ナイラは嘘泣きまでして、イラク兵がクウェートの病院にまで入り込んで、赤ん坊さえ殺されたことになっていますが、しかしその話は、マスコミが作り上げたデタラメだったのです。

この大いなる矛盾からも、「プレスコード」が今も日本に残っていることなど、もはや歴然です。すなわち人間として恥ずべき行為を行いながらも、平然とその行為を「正義」と呼びかえて行うアメリカを、正当に批判しているマスコミ報道を、日本国民が一度も見たことないこそ、今も日本に「プレスコード」が敷かれているその証拠に他ならないわけです。それは日本の「報道の自由度ランキング」が、先進国の中で最下位であることからも明らかです。

今も続く経済戦争

そしてこの軍産複合体の手足の如く働いてきた組織、それが「Central Intelligence Agency」、略称を「CIA」と言います。CIAは日本語では「中央情報局」と訳しますから、この名前からも「CIAとは、アメリカ政府のために、世界中から情報を集めている諜報機関なのだろう」と、連想しがちです。しかしCIA職員のラルフ・マギー氏は言います。

「CIAは諜報機関ではありません。秘密工作を行う機関です。秘密工作とは国家を転覆させたり、支援したりすることです」

では、CIAが行う秘密工作とは、果たしてどのようなものなのでしょうか。元CIAのジョン・パーキンスという方は、経済暗殺者であり、つまりエコノミック・ヒットマンとして仕事を行ってきました。そして彼の暴露本『エコノミック・ヒットマン～途上国を食い物にするアメリカ～』は、アメリカではベストセラーになりました。

彼によると、CIAのエコノミック・ヒットマンの仕事とは、資源豊富な後進国の指導者に近づいて、「世界銀行の融資を受ければ、貴方の国も飛躍的な経済成長が可能になる」と話をもちかけるそうです。

しかし実際のそのお金の受取人は、後進国ではなく、巨大なインフラ建設を請け負う『ベクテル』や『ハリバートン』のような多国籍企業だそうです。つまり『世界銀行』からの融資は、後進国の政府を素通りして、超巨大企業に入るわけです。もちろんその際、後進国の政治家や役人の懐には、多額の賄賂が入ります。

しかもそうやって建設された高速道路や橋は、ごく一部のエリート階級のみが活用できて、生きていくことに精一杯の大多数の国民には、まったく無関係だそうです。しかし『国際銀行』からの借金に対して、後進国には巨大な負債だけが残ります。そしてその負債は税金として国民に重くのしかかるわけです。

ジョン・パーキンスによれば、この借金は、もとから返済できない金額と利子であるために、『世界銀行』の指導によって、やがてその国から、天然資源の利権がまるごと略奪されていくそうです。

つまりたとえその国に豊富な資源があっても、その資源から得られる利益は、外国の企業のものになってしまうわけです。たとえばエクアドルのような石油産出国でも、100ドル分の石油のうち、75ドルは多国籍企業が持っていってしまい、残りの25ドルは返済不能な借金に当てられ、貧しい庶民が得られる利益は、わずか2ドル5セントしかない、とジョン・パーキンスは書籍の中で暴露しております。

たとえば先ほど名前を出した『ハリバートン』という多国籍企業ですが、ブッシュ政権において、副大統領を務めたチェイニーが元最高経営責任者を務めており、石油事業や軍需産業を手掛けております。この会社は、イラク戦争では軍隊の食事供給、兵士の洗濯代行なども行っていました。

あるいは『ハリバートン』はイラク戦争の後、イラク復興支援にも関わり、入札無しで様々な莫大な契約を取り付けました。殺して壊して創って儲けているわけです。そのためにこの会社は、9・11テロが起こってイラク侵攻があったおかげで、最高額の利益を更新し、戦争前と比べると284%の利益増となりました。

チェイニー元副大統領は、社長退任後も『ハリバートン』から年間100万ドルを上限とする報酬を受け取り、彼の持つストック・オプション（自社株をあらかじめ定められた価格で取得できる権利）は、2004年には前年に比べて3281%増加しております。チェイニーはその他にも、軍需産業大手『TRW社』の重役でもあります。

ちなみに日本も、湾岸戦争の際には135億ドル、日本円で約1兆4000億円を支払って、誰かを殺戮し、誰かを儲けさせています。ナイラはイスラム女性には必須なスカーフさえ被っていないにもかかわらず、軍産複合体によるマスコミ誘導によって、まんまと日本人はじめ世界中の人々が騙されてしまったわけです。

アメリカ国民も欺かれ、多くの米兵が自殺しているのですから、アメリカ人も被害者です。ですから本当は、アメリカ人こそ軍産複合体に対して怒るべきなのです。

自民党・清和会も米国仕込み

実は今は亡き安倍総理の祖父である岸信介が、ＣＩＡの援助のもと自民党・清和会を引っ張ってきたことは、すでに機密解除されたアメリカの公式文書からも明らかです。

正義と悪が混在しているアメリカという国は、実に不思議な国で、様々なことを世界中で行いながらも、機密文書が50年の歳月が過ぎると公開されております。もちろん「ケネディ大統領暗殺事件」のように、一部しか公開されていない機密文書もまだ数多くありますが、公開されているものも数多くあります。

１９８８年に『ピューリッツァー賞』を受賞した『ニューヨーク・タイムズ』の記者ティム・ワイナーという方は、『ＣＩＡ秘録—その誕生から今日まで—』という書籍を書かれ、その中で次のように書かれています。

「岸信介は、児玉と同様にＡ級戦犯容疑者として巣鴨拘置所に3年の間収監されていた。

東条英機ら死刑判決を受けた7名のＡ級戦犯の刑が執行されたその翌日、岸は児玉らとともに釈放される。

釈放後、岸はＣＩＡの援助のもとに、支配政党のトップに座り、日本の首相の座までのぼりつめるのである。岸信介は日本に台頭する保守派の指導者になった。国会議員に選出されて4年も経たないうちに、国会内での最大勢力を支配するようになる。そしていったん権力を握ると、半世紀近く続く政権与党を築いていった。岸は１９４１年、アメリカに対する宣戦布告時の閣僚であり、商工大臣を務めていた。

戦後、Ａ級戦犯として収監されていた間も、岸にはアメリカの上層部に味方がいた。そのうちの一人は、日本によるパールハーバー攻撃があったとき駐日大使を務めていたジョゼフ・グルーだった」

『西日本新聞』に掲載されたアリゾナ大学のマイケル・シャラー教授の証言によれば、ＣＩＡから自民党幹部に対して、資金提供があったことに関する米機密文書が公開され、そして日本の外務省は、米政府に対して、この機密解除に反対する意向を伝えていたそうです。

１９４８年12月23日、『東京裁判』の死刑判決によって、日米開戦当時の総理大臣である東条英機が処刑されたその翌日、自民党の岸信介、右翼の児玉誉士夫、『日本テレビ』の正力松太郎の３人が、ＧＨＱより釈放されました。そしてこの３人が、ＣＩＡの援助のもとに、戦後の日本をリードしていくのです。

ですから自民党の岸信介も、『日本テレビ』の初代オーナー正力松太郎も、ＣＩＡのエージェントであったことは、消すことのできない歴史的事実なわけです。そして

ＣＩＡ職員ラルフ・マギー氏が、「ＣＩＡは諜報機関ではなく、秘密工作を行う機関であり、その秘密工作とは国家を転覆させたり、支援したりすること」と述べているわけです。

つまり日本の現憲法も米国産ですが、戦後の日本の政治を取り仕切ってきた自民党までもが米国産だったわけです。そのために岸が率いた自民党の清和会からは逮捕者を出していません。清和会のメンバーは以下の通りです。

岸信介、佐藤栄作、福田赳夫、中曽根康弘、森喜朗、三塚博、塩川正十郎、小泉純一郎、竹中平蔵、尾身幸次、安倍晋太郎、安倍晋三、福田康夫、麻生太郎、中川秀直、町村信孝など……元Ａ級戦犯からノーベル平和賞受賞者まで、様々な人が名を連ねており、佐藤栄作にいたってはノーベル平和賞をもらい、またその息子たちも皆、自民党の幹部になっています。

一方、日本が独自路線を行くことを望み、「少し中国寄り」とも批判を受ける自民党「経世会」のメンバーは以下の通りです。

田中角栄、竹下登、金丸信、中村喜四郎、小渕恵三、鈴木宗男、橋本龍太郎、小沢一郎、二階俊博などです。経世会のメンバーは、ロッキード事件、リクルート事件、佐川急便献金、ゼネコン汚職などによって、東京地検特捜部から逮捕され、失脚させられており、小渕元首相にいたっては謎の急死です。小渕元首相の急死の後、清和会の森政権が誕生し、85代、86代内閣総理大臣を務めた後は、やはり同じく清和会の小泉首相が87代、88代、89代と内閣総理大臣を務めて、米国の年次改革要望書を次々と受け入れてきました。

戦後の右翼の秘密

戦後の右翼の大物と言われている児玉誉士夫にいたっては、自慢げに「オレはCIAのエージェントなんだ」と、よく口にしていたといいます。

では、「右翼」とは何なのでしょうか?

1960年代、警視庁と各県警本部は、「東京オリンピック」に備えて、治安改善を目的に、暴力団壊滅作戦を行いました。暴力団の資金源を断ち、暴力団の幹部の検挙を徹底的に行った「第一次頂上作戦」です。

すると右翼の大物で、なおかつCIAエージェントでもあった児玉誉士夫の手引きのもと、暴力団の一部は、右翼団体を標榜し始めたのです。こうした事実からも、「特別会計」を国会で暴こうとして、石井議員を殺害した犯人の尹は、「右翼」を標ぼうする暴力団員であった理由が見えてきます。

さらにアメリカのジャーナリストのデヴィッド・カプラン、アレック・デュブロという二人は、1986年に日本のヤクザと右翼をテーマにした『Yakuza』という本を出版して、その中で彼らは、さらに衝撃的事実を述べています。


戦後、GHQ占領軍は、地主制度、財閥、軍部と共に、ヤクザも解体すべきであった。

しかしGHQ占領軍はそれをせずに、ヤクザの社会的な存在を容認すると共に、さらにヤクザが不法に勢力を拡大しようとするその動きを黙認したり助長したりもしてきた。

つまり戦後のヤクザはアメリカによって生まれた。

これが本書を書く動機であった。

これを証明する証拠や資料は、米国立公文書館の機密解除文書から得た。


「アメリカが戦後、ヤクザを存続させ、黙認し、助長し、戦後のヤクザはアメリカによって生まれた」、これは米国の公式文書で明らかになっているわけです。そしてCIAのエージェント児玉の手引きによって、多くの暴力団が右翼を標榜し始めたわけです。さらにその右翼を標榜する暴力団員の尹によって、「特別会計」を明らかにしようとした民主党の石井紘基は暗殺されたわけです。その石井議員は「これで日本はひっくり返る」と周囲に話していたわけです。そして石井議員の娘に「特別会計」を取材したジャーナリストが、「特別会計は海外に垂れ流されている」と口にしているわけです。

謎の死を遂げる日本人

翻訳家で、ジャーナリストでもあるマーク・シュライバーという方は、『雨の牙』という小説に対して、次のように書評を書きました。「東京は、電話が盗聴され、スパイが銃を撃ち合い、電車に乗る時には必ず自分の背後を確認する必要がある危険な街である」と。

この小説の主人公は、日本人の父とアメリカ人の母を持つ日系アメリカ人で、CIA工作員であり、そして暗殺者でもあり、この小説は映画にもなっています。

そしてたしかに戦後の日本では、政治や経済に絡んで、多くの日本人が謎の死を遂げてきました。

たとえば読売新聞の石井誠という政治部の記者は、「郵政民営化」に対する批判的な記事を書いていました。すると彼は、後ろ手にされた状態で手錠をかけられ、口の中には靴下が詰まった状態で死んでいるところを発見されました。しかし警察は「S

M趣味があった」と断定して、「事件性はない」と判断しました。

あるいは2012年9月10日、日本の建設官僚にして政治家であった民主党の松下忠洋氏が自殺しました。鹿児島3区、比例九州ブロックから5度の当選を果たしていた人物であり、当時は「郵政民営化」・金融担当相大臣でした。日本国民がこれまで必死に貯蓄してきた「郵便貯金・約340兆円」という莫大なお金の行方が、「郵政民営化」に握られている中での、「郵政民営化」・金融担当相大臣の動機の見あたらない、不自然な自殺です。

警察は「自殺」と断定しているものの、説得力のある理由は何も見当たりません。しかし警察は一切の情報提供をやめてしまったのです。遺体が搬送された病院には、当時の民主党代表の野田首相や亀井静香・元国民新党代表らが弔問に訪れたものの、密葬で片付けられてしまい、自殺の真相は何も分かっておりません。マスコミによれば、「書斎で、ホースのようなものをドアにかけ、首をつっていた」と伝えられました。

この自殺から10カ月後の2013年7月、『日本郵政』と米保険業界の最大手『アメリカンファミリー生命保険・アフラック』は、業務提携する共同記者会見を行っております。日本国内で癌患者が激増していることもあって、この2社が癌保険事業で提携したわけですが、郵政が民営化したからこそ、業務提携はできたことです。

そして実はこの「郵政民営化」も、「派遣法改悪」と同様に、アメリカが日本に突き付けている内政干渉とも言える「年次改革要望書」に記されていることであり、アメリカの依頼によって行われた政治改悪だったのです。

その他にも2000年9月、『日本債券信用銀行』の本間忠世社長が、大阪市内のホテルで「首つり自殺」をしました。「ミスター破たん処理」といわれた本間氏は、「切り札」として9月4日に『日債銀』の社長に就任して、そしてその約2週間後の20日に「自殺」したわけです。そのために関係者の間には、「なぜ？」と疑問と衝撃が走りました。

ジャーナリストのベンジャミン・フルフォードの調べでは、次のことが分かっています。警察は本間社長の自殺について、「カーテンレールで首を吊った」と発表しましたが、しかし男性がカーテンレールで首を吊れば、カーテンレールは、多少は破損・変形するはずです。しかしカーテンレールには何らの破損や変形が見られなかったそうです。このカーテンレールが破損していないことを、ベンジャミンが指摘すると、警察は「発見されたのは風呂場だった」と、自殺した場所を変更したといいます。

しかも隣の部屋には、偶然にも女性歌手でタレントの森公子さんが宿泊しており、「隣の部屋でケンカしていて騒がしい」と、ホテルにクレームをつけていたことまで判明しています。自殺する人が騒がしい喧嘩をするでしょうか？

しかも本間氏の遺族の話によれば、彼の遺体は司法解剖されることなく、速やかに火葬されてしまいました。そのために自殺の真相は闇の中です。本間氏が破綻処理できなかった『日債銀』は、今も『あおぞら銀行』として存続しております。

「郵政民営化」や『日債銀』と並んで不審な点が多いのは、やはり、『りそな銀行』です。２００６年、国税調査官の太田光紀氏と、テレビでもレギュラー番組を何本か持っていた経済学者の植草一秀氏が、それぞれ相次いで、手鏡を使って痴漢を働いたとして逮捕されました。痴漢で逮捕されたこの二人は、共に『りそな銀行』のインサイダー疑惑を追及していました。「インサイダー取引」とは、重要な内部情報を知りつつ、その情報を公表前に知って安値の株の取引を行う、「証券法」で禁止された犯罪のことです。

逮捕された植草氏の話によれば、『りそな銀行』が国有化される際、自民党・清和会の竹中平蔵が、インサイダー取引に繋がっていることを暴露しようとしたら、痴漢で逮捕・起訴されて職を失ったのだといいます。実際に竹中平蔵は、アメリカの雑誌『ニューズウィーク』で「りそな銀行は大きすぎるからといって、潰せないことは無い」と断言したことで、多くの投資家たちが「りそなは潰れる、政府はりそなを潰す気だ」と思い込みました。そのために「りそな株」が売られて、底値まで落としたのです。しかし株価がどん底に落ちたその時に、なぜか外資系企業ばかりが、その「りそな株」を大量に買いあさっていました。

そして『りそな銀行』は実質上、一時期は国有化されて、2兆円もの莫大な公的資金（税金）が投入されたことで潰れずに済みました。数千億円の公的資金（税金）の投入で、十分に『りそな』は存続可能だったと言われているにもかかわらず、なぜか2兆円も税金が投入されたのです。

こうしたことから「りそな株」は、予想をはるかに超えて値上がりし、底値で買った外資系企業ばかりを儲けさせました。そのために「りそな竹中インサイダー疑惑」があるわけであり、このことについて追及、批判をしていたら、植草氏たちは、それぞれ痴漢で逮捕、起訴されてしまったと主張しているわけです。

『朝日新聞』の記者の鈴木啓一氏は、「りそな銀行　自民党への融資残高3年で10倍」という特ダネ記事を投稿しました。他の大手銀行が政治献金を自粛する中で、なぜか『りそな銀行』だけが、自民党に対して3年間で10倍にもおよぶ、多額の融資を行っていたことを記事で指摘したわけです。しかしこの特ダネ記事を書いた鈴木啓一氏も、その夜に横浜湾で自殺しました。平田聡という公認会計士も、やはりこの『りそな銀行』を監査中に、妻子を残して自宅マンションにて自殺しております。

このように、実は戦後の米国産の日本では、謎の死を遂げている日本人が大勢いる一方で、誰かが利益を得ている可能性がたしかにあるわけです。

小説『雨の牙』の書評にジャーナリストのマーク・シュライバーが「東京は、電話が盗聴され、スパイが銃を撃ち合い、電車に乗る時には必ず自分の背後を確認する必要がある危険な街である」と述べた理由が、少しだけ分かる気がします。

戦後の日本は独立国家ではない

ホワイトハウス在住記者のジュリー・ムーン（文明子）氏は、アメリカの政治家で政治学者でもあるヘンリー・キッシンジャーに、「ロッキード事件は貴方が仕掛けたんじゃないの？」と質問しました。するとキッシンジャーは「ｏｆ ｃｏｕｒｓｅ（もちろん）」と平然と答えたそうです。そしてさらに彼はこう続けたそうです。「田中は生意気だ、アメリカの手の中で中国との国交を正常化させるならばまだしも、アメリカを差し置いて国交を正常化させるとは、田中くらいはいくらでも変えられる」「オレはＣＩＡのエージェントだ」と自慢気に話していた児玉誉士夫は、このロッキード事件で国会に証人喚問で呼ばれる予定でした。しかしその直前に児玉は脳梗塞で亡くなっております。そのために「口封じで殺されたのではないか？」という噂もあります。

２０１６年８月、元大臣の石井一氏も『冤罪』という書籍を書いて、その中で「（田中角栄氏を）追い落とそうとした米政権のワナにはめられた」、「田中角栄・ロッキード事件は冤罪だった」と主張しています。

では、田中角栄は何を行ったために、ロッキード事件を仕掛けられたのでしょうか。

一つはアメリカを差し置いて、中国と外国を行い、「日中国交正常化」を行ったこととと言われております。そしてもう一つは、アメリカを差し置いて中東から石油を輸入して、「独自のエネルギー政策」を行おうとしたことと言われております。

田中角栄は、アメリカと仲が悪いイランと外交を行い、アザデガンの石油油田開発に乗り出していました。近年、参議院議員の鈴木宗男氏も逮捕、起訴され、刑務所に服役しましたが、やはり「冤罪」を訴えて再審請求しました。鈴木氏は田中氏と同じく、ロシアのサハリンから、天然ガスや石油を輸入して、「独自のエネルギー政策」を行い、なおかつロシアと外交関係を強めて、北方領土問題の解決も行おうとしていました。

日本のエネルギー問題について、元外務官僚の孫崎享氏が2012年に出版された『戦後史の正体』という書籍には、驚くべき出来事が書かれてあります。孫崎氏は1999年から2002年まで、駐イラン大使を務めていました。そして彼は、イランと深い関係を築いて、イランのハタミ大統領を日本に招待する計画を進めていました。「アラブ諸国から日本が独自に石油を購入する」、かつて田中角栄が行おうとしていたことです。イランのハタミ大統領の来日を決めたのは、当時の自民党政権の高村外務大臣だったのですが、しかし突然、内閣改造が行われ、高村氏は外務大臣の座から去りました。これによって外務省内の風向きが大きく変わり、さらにアメリカからの圧力によって、「イランのハタミ大統領を日本に招待するべきではない」という空気が、外務省内で強くなっていったそうです。

しかもこの時、ブッシュ政権のチェイニー副大統領が直接、陣頭指揮を執って、イランの油田開発に動いた日本人関係者たちを、次々に外務省のポストから排除していったそうです。ＣＩＡなどが動くならまだしも、副大統領が先頭に立って、日本の政府関係者を排除して、積極的に内政干渉を行ったと、孫崎氏は主張しているわけです。

ちなみにすでに述べましたように、このディック・チェイニーという男は、『ハリバートン』という石油会社の社長を務め、イラク戦争では２８４％の利益増を行った人物です。ですから孫崎氏の話が事実ならば、彼は自分の利益のために、日本の外務官僚の人事を行ったようにも見えます。

このチェイニーによる官僚人事事件、さらには田中角栄ロッキード事件、鈴木宗男逮捕事件、石井紘基暗殺事件、これらがもし本当にアメリカによって行われたのならば、日本は独立国家とは言えないでしょう。その他にも「年次改革要望書」や「プラザ合意」について考えてみても、やはり日本は独立国家ではないのです。

そしてかねてより日本の財務省は、「減税したら左遷させられ、増税したら出世する」と言われておりますが、彼らは、日本の首相の首さえ簡単に挿げ替えることができるのですから、おそらくその財務省の出世や左遷といった人事権も、彼らの手の中にあるのでしょう。

日本の権力の中枢、それが「日米合同委員会」と言われております。この会議は、「日米地位協定」をどう運用するかを協議するためのものです。この会議には、総理大臣であろうと参加することは許されず、在日米軍のトップと日本の官僚が月二回、会議を行っています。会議が行われている場所は、東京港区青山にある「ニュー山王ホテル」で1回、外務省が設定した場所で一回です。

そしてこの「『日米合同委員会』で決定したことは、国会、内閣、裁判所の日本の三権を超越している」とも言われております。「そんな話は信じられない」と思うかもしれませんが、しかし実際に、日本の首都上空が「横田空域」であること、そして米軍機には「航空法」が適用されないことを、どうか考えていただきたいのです。

特別会計は海外へと垂れ流されながら、無意味で日本人を苦しめるためだけに行われている増税は続けられて、日本人の暮らしはますます苦しくなって、日本は衰退して、この経済戦争に敗れてしまうのでしょうか。

武士道日本人改造計画

強すぎた日本人

ＧＨＱは敗戦後の日本にやってきて、「プレスコード」を敷いて言論の自由を奪い、なおかつ憲法を押し付けて、日本をことごとく改造していくわけですが、ではなぜ彼らは、日本の改造を行ったのでしょうか？

それはあまりにも大和魂を持った日本人が強すぎたからです。

たとえば先の大戦中、１９４１年12月から１９４２年６月までの半年間、「フィリピンの戦い」というものがありました。この戦いでは、ＧＨＱ連合国軍の全部隊が降伏して戦闘は終了しました。

そしてＧＨＱのトップであるダグラス・マッカーサーは、「I shall return.（必ずや私は戻るだろう）」と口にしてフィリピンを去ったのです。実はこれはマッカーサーの軍歴の中でも、数少ない失態であり、まさに敵前逃亡そのものでした。

彼は、「10万余りの将兵を捨てて逃げた卑怯者」とまで言われました。また、当時の米兵の間では、「I shall return.」というこの言葉も、「敵前逃亡」という意味で使われました。

あるいは日本人の、命を顧みない特攻攻撃によって、かなりの米兵たちが戦意喪失し、「カミカゼノイローゼ」に陥る者さえ大勢いました。特攻が開始された後に、米空母『ワスプ』の乗組員123名の健康検査を行ったところ、まともに戦闘を行える者はわずか30％で、他の米兵はすべて精神的な過労で休養が必要な状態でした。「クレイジーな日本兵は恐ろしい」という意識が、米兵の中にあったわけです。

特攻、あるいは玉砕して散っていく日本人もいれば、その一方で、映画にもなった「硫黄島の戦い」にもありますように、弾無く、水無く、食糧も無く、灼熱とガスの噴き出す地獄の環境の中で、最後の最後まで徹底抗戦して戦い続ける日本人も大勢いました。

硫黄島(いおうとう)、この島は小笠原諸島の近くで、実は東京都に属しています。硫黄島の位置は日本とサイパンの中間地点であるために、アメリカ側からすれば必ず取らなくてはならない重要な島であり、逆に日本からすれば、一日でも長く、この島を死守することが、日本本土への爆撃を回避することになりました。

そこで日本側は一日でも、半日でも、一秒でも、米軍に本土攻撃を行わせないために、「モグラ作戦」というものを行いました。時間稼ぎをすれば、それだけ都会の人人が地方に疎開できるからです。「モグラ作戦」とは、島中に地下トンネルを掘って、洞窟や山を結んで地下に要塞を作り、あえて米軍に硫黄島に上陸させてから、地上で応戦する戦法のことです。

この硫黄島の戦いこそ、日米戦争の戦いの中でも最も激しい戦いの一つでした。そしてこの戦いの指揮を執った栗林忠道中将も、パラオで散った中川州男大佐と同じく、自分たちが勝てないこと、そして自分たちが生きて帰れないことは十分に分かっていました。

「硫黄島（いおうとう）」という名前からも分かるように、この島の地中には硫黄ガスが充満していました。しかも日本とサイパンの中間地点にある島ですから、気候はとても温暖です。そのために地下トンネルや洞窟に何時間も居続けることは、硫黄ガスの充満する暗いサウナにいるようなものでした。まさに地獄です。米軍が硫黄島に攻撃を仕掛けてくるまでの間、日本兵はその地獄の環境の中で、まるでモグラのごとく穴を掘り続け、地下要塞を作り続けました。

しかもこの島には川どころか池さえなく、井戸を掘っても塩分と硫黄の混じった水しか手に入らず、そんな水で米を炊いたら赤く染まってしまいます。しかも山が低いために雨さえなかなか降らず、時々、降るスコールだけが唯一のまともな水源でした。硫黄島を守る侍たちは水不足を解決するために、どうにかこの島に貯水槽を築き、ここから水をくみ上げて水筒に入れていました。ですから彼らにとって、１日に１回だけ支給される水筒は、命にも等しい大切な品物でしたし、また貯水槽から水をくみ上げる鉄パイプは、彼らにとって命綱のような大切な存在でした。

一周22キロしかなく、歩いて回れてしまう小さな島に、日本側の守備隊は約2万人でした。それに対して米兵は、上陸総兵力だけでも約6万人、後方支援部隊を入れると約11万人にもなり、単純に五倍以上の戦力差でした。しかし銃、弾薬、戦車、爆撃機などを考慮すると、その戦力差は一説には３００倍にもおよび、パラオでの戦いと同等の開きでした。

侍たちは、食糧も無ければ水さえも無い、さらに武器と弾薬も乏しい、まさに何も無い島の地獄のような環境の中で、地中に立て籠もって穴を掘り続けて、自分たちを殺しにやってくる米軍を待ち受けました。

やがて島中の海一面を埋め尽くす、世界最強のアメリカ海軍がやってきました。

しかしこの時、栗林忠道中将は部下たちに対して、死よりも厳しいことを命じました。

それはとにかく生きて戦うこと、最期の最期まで玉砕しないことでした。「玉砕」、それは玉が美しく砕け散るように、名誉や忠義を重んじて潔く死ぬことを意味し、多くの日本兵が手りゅう弾を持って米軍に突っ込んでいった話が残っております。しかし栗林忠道中将は、硫黄島を守る侍たちに、不撓不屈(ふとうふくつ)の戦いを最期の最期まで徹底的に行うことを求めたのです。

硫黄島侵攻を開始した米軍は、3日間もの長きに亘って、島全体への爆撃を行いました。生き残った人の話によれば、その爆撃は、暗く熱く硫黄の噴き出る穴ぐらの中で、大地震が3日間ずっと続くようなもので、まるでこの世の終わりのような地獄の体験であったそうです。

米軍は、最初から「制空権」と「制海権」を取った上に、散々、島を空爆し続けたことから、5日後には「勝利した」と思い、ようやく島に戦車と陸軍を投入してきました。そして6人の米兵が適当に鉄パイプを見つけて、それに星条旗を結んで、彼らはその星条旗を摺鉢山(すりばちやま)というところに立てました。この時の光景は、有名な写真として残っております。

皮肉にもその鉄パイプは、日本の侍たちが命のように大切にしていた貯水槽の鉄パイプでした。

しかしその後、地下要塞に潜んでいた日本側の猛反撃が始まりました。この硫黄島の戦いでは、なんと死傷者数では米軍が上回り、おかげで「こんな小さな島は5日で占領できる」とタカをくくっていた米軍の読みは大きくはずれ、なんと36日間も激戦が続きました。硫黄島の摺鉢山(すりばちやま)に星条旗を立てたのは、米軍が上陸を開始して5日目のことですが、旗を立てた6人のうちの3人が、その後の戦闘で戦死しています。

なんと米軍が行った、3日間のこの世の終わりのような空爆の間にも、栗林忠道中将たちは、硫黄ガスが噴き出るサウナのような穴の中で、さらに地下要塞を掘り続けていました。それればかりか彼らは、地上戦が開始した後にも、地下要塞を拡張し続けて、米軍を翻弄し、攪乱し続けました。まさに日本男児のド根性です。

自分は生きて本土の土は踏めないけれども、しかしとにかく1秒でも長く戦いを延ばして、本土への攻撃を遅らせて、一人でも多くの日本人の命を守り、日本を守ること、さらにはその戦闘の中で、一人でも多くの米兵の戦意を削いでしまいたい、そんな想いが彼らにはありました。

同じような地下に潜む激戦は、牛島満大将によって沖縄でも行われていました。しかも沖縄には日本の民間人も大勢住んでいるために、「ひめゆり学徒」、「白梅学徒」として女学生まで兵隊の看護にあたり、戦闘に参加したのです。この沖縄戦では2万人以上の米兵が、ＰＴＳＤ、「戦争トラウマ」になりました。

このように、かつての日本人は強すぎたのです。特攻攻撃、あるいはパラオ・ペリリュー島の戦い、硫黄島の戦い、沖縄戦などの戦いで、侍たちや大和撫子が徹底抗戦したために、アメリカは「もしも九州に上陸したら、米国の死者は１００万人では済まない」と考えて、地上戦を断念したと言われております。

「いつまでも日本が徹底抗戦して戦争をやめないから、アメリカは戦争を早く終わらせるために広島と長崎に原爆を落とした」、戦後のアメリカはそのように主張しております。

しかしそれもアメリカの得意なプロパガンダです。なぜならすでに述べたように、彼らこそ平和を望んだ日本を戦争に引きずり込み、なおかつ彼らは「マンハッタン計画」として、日本に原爆投下することは決めていたからです。そして実際に1945年7月16日に、人類初の核実験「トリニティ実験」が行われ、その翌月に広島、長崎に原爆が落とされて、ようやく日本は終戦を迎えられているからです。むしろ「人類初の核実験が行われるまで戦争を引き延ばさせられた」、実はそう受け取ることも十分にできるのです。

侍たちが凄まじい死に様を見せて、本土への攻撃を遅らせてくれたおかげで、数十万人の人々が田舎に疎開することができて、その子孫たちが今の日本を築いているわけです。

このように日本人は強かったのです。強すぎたのです。だからこうした不撓不屈の精神、大和魂を眠らせ続けるために、武士道は意図的に解体させられたわけです。

武道禁止令

かつての日本人は敵に塩を送らんとし、敵将に恥をかかせずに友とし、「敵とて人間」と語ってその命を救いました。なぜならそれが大和魂だからです。そしてその大和魂は、たしかに先の大戦まで存在していました。

しかし米国およびGHQは、あまりにも日本人が強すぎたために、この「敵に塩を送る」という行為とは、まったく正反対とも言える「傷口に塩を塗る」という行為を、私たち日本人に対して行ったのです。

たとえば戦後、日本にやってきた占領軍GHQは、武士道のみならず、「道」と名のつくものすべてを対象として、「武道禁止令」も出して、剣道が全面的に禁止されました。

そんな中、笹森順造（ささもりじゅんぞう）という国会議員が、剣道を復活させようとGHQと交渉を重ねました。彼自身も剣術家であり、彼はGHQに掛け合い、次のように説きました。

「剣道は人を殺すことを目的に技を磨くのではなく、その最終目的は、人と人がお互い戦わなくても済むように剣を置くことである。だから剣道とは日本の精神的、歴史的な文化である」

しかしGHQはこの申し出を聞き入れず、「では実際に試合をして、お前の言っていることを証明して見せろ」と言ってきました。つまり「本当に剣道が人殺しの道具ではなく、平和の道具であるその証明してみせろ」というわけです。

そしてGHQは、米海兵隊の中で最強の男を選び出して、日本人との試合を提案しました。しかも米兵は本物の銃剣を使い、日本人を殺しても構わないが、しかし日本人は木刀を使い、殺したり、怪我をさせてもいけない、という何とも一方的なルールでした。つまりＧＨＱは日本に対して、「剣道が本当に平和の道具ならば、それを証明してみせろ」と、何とも酷い条件を突きつけてきたわけです。

しかし笹森という一人の侍は、このＧＨＱの難解な条件を潔く受け入れて、そして國井善弥という一人の侍を選び出しました。國井善弥は、鹿島神流の十八代の宗家です。鹿島神流とは茨城県の鹿島神社に古くから伝わる古武術流派であり、彼は「今武蔵」とまで呼ばれていました。これは「宮本武蔵の再来」という意味です。

そして侍と米兵との間で、日米の誇りをかけた、しかも「剣道の未来」までかけた戦いが行われました。

体格の大きな米兵は本物の銃剣を手にし、國井は木刀を手にして対峙しました。國井が礼をして、木刀を中段に構えようとした、その次の瞬間、米兵は銃剣を國井の喉元目がけて突きだしてきました。

しかし國井は半歩下がってこの攻撃をかわすと、さらに米兵はそのまま突進を続けながら銃剣を回転させて、國井の側頭部を銃底で打とうとしました。硬い重い銃底で、側頭部の殴打を狙ったわけです。もしもこれが当たれば即死です。米兵は殺気に満ちていました。

しかし次の瞬間、國井は半歩前進して、この銃底の攻撃もかわすと、逆に突き進む米兵の後頭部に柔らかく木刀を当てて、そのまま突進する米兵の力を利用して、床に倒してしまいました。

倒れた米兵は四つん這いになって床に手をつきました。さらに國井は、そのまま米兵の後頭部を木刀で柔らかく押さえつけました。四つん這いの状態になって、上から頭を体の内側に向けて押さえつけられると、人間は身動きができません。

「勝負あった！」の声がかかりました。すべてが一瞬の出来事でした。國井善弥という侍は、圧倒的な実力差で、一切相手と剣先を合わすことも、しかも相手を傷つけることもなく、見事に海兵隊最強の米兵を制したのです。

すなわち「今武蔵」と呼ばれたこの侍は、「剣道は人殺しの道具ではなく、怪我させるものでもなく、平和のための道具である」ということを、ＧＨＱに見事に証明してみせたわけです。

この事実は、ＧＨＱ内部に衝撃を与えました。そしてこの出来事がきっかけで、「武道禁止令」が解除になった、と言われております。

このようにＧＨＱは、たしかに日本を破壊せんとしており、そして侍たちが奮闘することで、剣道はどうにか保たれました。しかし剣を使う人の心を教える武士道は、未だ解体されたままです。

米国GHQと天才棋士の対局

ＧＨＱから目を付けられたのは、剣道のみならず将棋も同様でした。将棋は戦国時代から戦（いくさ）の練習に使われており、将棋と武士道は、とても密接な関わりがありました。そのためにＧＨＱは、「日本から将棋を無くせ」と指示を出したのです。

そこで日本将棋界は、ＧＨＱとの交渉役に、升田幸三という人物を送り込みました。升田は無名時代に、名人に3戦ストレート勝ちするばかりか、当時、史上最強とされていた大山康晴という名人に、「香車（きょうしゃ）」という駒を抜きで勝ってしまっている天才棋士です。「香車落ちで名人に勝つ」、これは将棋の世界では、絶対にありえないことでした。

ＧＨＱの本部は皇居の手前にあり、升田が部屋に通されると、軍服を着た幹部が4～5人座り、脇には通訳がいました。ＧＨＱ側から「飲み物は何か？」と訊ねられると、「酒を飲ませてもらいたい」、升田は開口一番、そう言い放ちました。彼は5歳から酒を飲んで育っているために、酒を飲みながら人と話をするのが習慣だったそうです。「よろしい。日本酒はないが、ビールとウイスキーがある。どちらがよいか」「ビールをちょうだいする」、そんなやりとりが行われました。

実はこれは升田の作戦であったと言われております。「何を聞いてくるかＧＨＱの意図や目的が分からない、もしもうかつに答えてしまって言葉尻を摑まれたくない、しかしビールを飲めば必然的にトイレが近くなる、もしも難しい質問をされたらトイレに立ち、じっくり返事を考えようという、棋士ならではの時間稼ぎの作戦だったそうです。

将棋のルールの中には「切れ負け」というものがあり、持ち時間を使いきった時点で勝敗が決まる場合もあります。ですから棋士升田幸三は、まず先手で「時間の確保」を行ったわけです。

しかしビールを出してくれるはずなのに、なかなかビールが出てきません。升田がＧＨＱの幹部にビールを催促すると、相手はニヤリと笑って、「すでに目の前に並んでいる」と答えました。缶ビールが出されていたのですが、升田は横文字が読めず、また缶ビールを見るのが初めてだったために、目の前の缶ビールの存在に気がつかなかったわけです。

先方はこの「缶ビール」の一手で、「イエローモンキーよ、我々文明人に敵うと思うなよ」と言わんばかりに、まるで日本人を見下すような勝ち誇った顔をしたそうです。

しかし升田も負けてはおりません。棋士というと、羽生善治さんや若くして「竜王戦」に勝利した藤井聡太さんのように、知的で線が細いイメージがあるものですが、しかしこの升田幸三という棋士は、常日頃から無精髭を生やし、むしろ豪胆な人物でした。彼は出してもらったビールを一口、口にして、「まずいなあ。これ、本物のビールか」と大声で言ったそうです。この大胆不敵な態度に、ＧＨＱ幹部はビックリしたそうです。

これはおそらく升田名人のハッタリではなく、本当の感想だったことでしょう。ビールの本場はドイツやイギリスなのですが、「キンキンに冷やしてビールを飲む」というこだわりは、実は日本が世界一であり、海外では常温で飲むことが多いのです。ですから冷えたビールしか呑んだことのない日本人にとっては、外国のビールを飲むと「ぬるっ！」っと驚くことがあります。また冷たいビールに慣れている日本人は、「ぬるいビールはまずい」と考えることもあります。

ですからＧＨＱが出したビールもぬるく、升田は本気で「まずっ！」と思い、その感想を素直に述べた可能性があるわけです。

まず一手ずつ「歩」を動かすかのごとく、こうしてＧＨＱと天才棋士の「将棋の命運」を掛けた対局が始まりました。ＧＨＱ幹部は質問します。

「剣道とか柔道とか、日本には『武道』というものがある。

おかげで我々は沖縄の戦いで手を焼いた。

『武道』とは危険なものではないのか」

「そんなことはない。

武道の武とは『戈（矛、※槍のこと）を止める』、と書く。

身につけても外へは向けず、己を磨くのが『武道』である。

武士道とは言葉づかいの道のことだ」

升田が述べるように、武士道の中に含まれる武道とは、「戈を止める道」です。そして武士道とは、学問や教育であり、学問と教育は言葉によって成立するものです。ですから升田の言い分は、まさに武道と武士道の本質を突いているものでした。

さらに米国GHQは質問します。

「日本の将棋はチェスと違って、取った駒を自軍の兵士として使用する。これは捕虜の虐待思想につながり、国際条約に違反する。将棋は日本の捕虜虐待に通じる思想だ」

升田幸三は、出されたビールを飲みながら答えます。

「チェスでは取った駒を殺すんだろ？　それこそ捕虜の虐待だ。日本の将棋は敵の駒を殺さないで、『金』は『金』として、『飛車』は『飛車』として、それぞれに働き場所を与えている。常に駒が生きていて、それぞれの能力を尊重しようとする正しい思想である」

たしかに将棋とチェスを比較して、どちらが捕虜虐待の思想に結び付くのかといえば、チェスこそ捕虜を虐待しているようにも思えます。なぜなら将棋の駒を人とするならば、将棋は人を生かし、殺さないからであり、何よりも日本には「敵に塩を送る心」があります。

さらにGHQ側は主張します。

「戦時中に日本の将棋の名人が、軍部に戦術的指導をしていたらしいじゃないか？日本の軍部が間違った方向に突き進んだのは、日本の将棋とその名人のせいじゃないのか？　将棋の悪影響は確かにあった、今すぐ日本から将棋を無くせ！」

この質問は升田にとっても、難しい質問だったはずです。なぜならたしかに将棋は、古来より戦の練習に使われ、さらには自分の将棋界の先輩たちが、軍部の中に入って戦争を指導していたからです。しかしもしも弱みを見せれば、そのスキに付け込まれます。そこで彼は大胆にも次のように答えました。

「なるほどその情報は俺も知っている。ただ考えてみろ、その名人が軍部に指導したから日本が負けてお前らが勝ったんじゃないか！　もしも俺が軍部を指導していたらお前ら負けてるぞ！　お前らは将棋とその名人に感謝しろ！」

なんともとんでもない言い分です。GHQ側は、徐々に豪胆な升田の毒気に押されていきました。

しかし常勝の升田はさらに畳みかけます。

「アメリカ人はしきりに民主主義とか、男女同権を訴えるが、チェスは王様が危なくなると女王（クイーン）まで盾にして逃げようとするが、あれはどういう事だ？」

こうしたやりとりを見ると、「将棋とチェス、どちらが素晴らしいか、どちらが思想的に道徳的か」という戦いにも思えなくもありませんが、しかし升田は、将棋の素晴らしさを説くに留まらず、日本という国が、いかに他の諸外国に比べて素晴らしい国なのかまで説き始めました。しかも升田は、最終的にGHQを相手にして、「将棋の精神からお前らは政治を学べ！」とまで力説し始めたのです。

ここまで来ると、GHQの幹部たちはもう何も言えず、「詰み（勝負あり）」です。次第にGHQの幹部たちも、升田の話に興味を持ち出して、5、6時間も話し合いが続いたそうです。そして最後にGHQの幹部たちは、「君は実に面白い日本人だ。土産にウイスキーを持っていけ」と、敬意まで示しました。

有色人種に対する人種差別が厳しい時代において、升田幸三の並外れた人間力が、相手の人間を喰らうという偉業を成したのです。欧米にも騎士道を生きる侍は大勢いるゆえに、為せた業だったと言えるでしょう。「将棋がチェスに勝った」とまでは言えませんが、「将棋を使ってチェスを負かし将棋を守った」とは言えるかもしれません。

この一件によって「升田幸三」の名はアメリカ著名人のあいだで広まり、彼はその後、ロバート・ケネディなどのパーティーにも列席するほどになりました。

升田幸三の功績もあって、たしかに将棋は守られました。しかしたしかにGHQは「剣道」のみならず「将棋」に対しても、迫害を加えようとしていました。そしてこうした歴史を振り返れば分かるように、明らかに彼らは、日本の文化を破壊しようとしていたのです。

行われた日本人改造計画

日本は、１９４５年にアメリカとの戦に敗れ、７年間に亘ってＧＨＱの占領下に置かれたわけですが、実はあの７年間とその後の約80年間は「日本破壊期間」でした。つまりこの約７年と戦後の約80年の時間の中で、武士道は解体されて、大和魂は眠らされてきたわけです。

そして今、ＬＧＢＴＱの潮流の中で、「男らしさ」が失われつつあるわけです。

それは「日本人改造計画」と呼んでも過言ではありませんでした。

たとえば佐々木康監督はＧＨＱに呼び出されて、映画に「キスシーン」を入れるように命令されました。この命令を受けて、ＧＨＱ占領中の１９４６年に、『はたちの青春』という映画が公開されました。実はこの映画こそ、日本初のキスシーンがある映画なのですが、ＧＨＱがキスシーンを入れるように命じたその理由は、何とも日本人をバカにしたものでした。彼らの言い分は次の通りです。

「日本人は恋愛、情愛の面でも、コソコソすることなく、堂々と自分の欲望や感情を人前で表現することが、日本人の思想改造には不可欠であり、日本人は恋愛や性に対して奥手だからこそ侵略戦争なんてことを行ったのだ」

歴史を冷静に見つめれば、明らかに白人たち欧米列強国こそアジア、アフリカ、オセアニア、アメリカ大陸を侵略し、そうやって建国されたアメリカ合衆国こそ、戦争を避けようとしていた日本を追い詰めて、戦争せざるを得ない状況を築き上げました。しかし彼らは、「日本が侵略を行ったのは恋愛面でコソコソしているからだ」などと、ふざけたことを述べたわけです。

キスシーンの撮影に臨んだ女優さんは決死の覚悟で挑み、演じるにあたり2人の唇の間には、オキシドールを染み込ませた小さなガーゼを挟んで撮影されました。今の日本人の貞操感覚とは、まったく異なっていたことは明らかな事実です。そのために当時の日本国民の多くが、そのキスシーンに大興奮して、映画館は連日の満員となりました。

それはアメリカ国内でも同様なことが言えます。1950年代、ロックスターのエルビス・プレスリーがテレビで歌を唄い、腰を振った際、アメリカ中から「腰の動きが卑猥だ」とクレームが寄せられて、番組によってはプレスリーの上半身しか映さない番組もありましたが、今ではアダルトビデオにも似た映像が、ごくごく当たり前に流れております。それは日本も同じで、今ではキスシーンのレベルではなく、女性が肌を露わにする映画など当たり前です。

こうした「剣道」、「将棋」、そして「映画にキスシーン」ということを考えても、あきらかにGHQが、「日本破壊」および「日本人改造」を考えていたことは明らかな事実なわけです。

日本人に行われた心理作戦

そして米国産の日本の中で、正力松太郎などの多くのCIAエージェントが巧みに立ち回って、教育に続いてマスコミまで利用されることで、戦後の日本人に対して様々な心理作戦が行われてきました。

そうした心理作戦の中でも、日本人から、日本人としての誇りを奪い取った工作活動のことを「W・G・I・P」と言います。慶應大学の教授を務められ、文学評論家でもあった江藤淳という方は、『閉された言語空間』という書籍を書かれました。彼はその書籍の中で、「日本人に対して『W・G・I・P』が行われており、これはGHQの内部文書に基づくものである」と論じております。

では、「W・G・I・P」とは何かと言えば、「日本は悪い国、日本人はダメな民族」という洗脳工作です。この洗脳工作は、「戦後教育」や「マスコミ報道」によって、たしかに行われ、今なお続いております。つまり『東京裁判』に基づいた偽の自虐的歴史観を広める心理工作、それが「W・G・I・P」なわけです。

普通に考えてみて、いくら彼らが、「正義」と「悪者」の配役を入れ替える『東京裁判』を行ったところで、日本の学校教育やマスコミ報道によって、日本人に真実の歴史を教えたら、簡単に日本人は「ふざけるなアメリカ！」という感想になります。

やはり、北海道から沖縄にまで米軍を展開させると共に、日本に様々な無理難題を突き付けて、日本から利益を吸い上げていくためには、日本人に「日本はダメな国」と本気で思い込ませ続けて、その一方で、日本人の「尊米感情」を育てて、アメリカやヨーロッパを美しく誤解させなければなりません。

実はＧＨＱが上野に「Ｇパン」を持ち込んだことも分かっております。しかし最近の若者たちはあまり穿きませんが、私が十代の頃は「Ｇパン」と呼ばれるようになりました。『ジーンズ』という英語の発音が日本人には難しいだろう」ということで、英語の綴りでは「Ｊ」から始まるというのに、なぜか「Ｇパン」が大流行して、多くの日本人が『リーバイス』のジーンズに大金をつぎ込みました。つまり戦後の日本の異性に対する価値観、ファッション観は、かなりアメリカナイズされたものだったわけですが、それは意図的に築き上げられたものであったわけです。

言葉を換えれば、日本人の「尊米感情」は工作活動の賜物であったわけです。

戦争に引きずり込まれ、国際法違反の攻撃によって多くの人が友人や家族を失ったために、戦後の日本人の心の中には、「反米感情」がまったく無かったわけではありません。しかし日本人は意図的にアメリカナイズされると共に、意図的に「反米感情」は消されて、「尊米感情」が築かれていきました。

その最たる工作が「パネルDジャパン」です。この工作も、1994年に公開されたアメリカの正式な機密文書で明らかになっております。機密解除された公式文書によれば、1951年11月から、トルーマン大統領の指令によって対日心理戦が実施されたのです。

『パネルDジャパン』とは、日本のテレビやラジオといったメディアを使って、徹底的に日本人の「親米感情」ならぬ「尊米感情」を掻き立てるための心理的工作であり、まさに「日本人マインドコントロール工作」と言えます。

当時の駐日大使ジョン・ムーア・アリソンという人物が、この心理的工作活動のトップに立ち、約180億円の予算が投入されて、『PSB（心理戦略評議委員会）』という組織が、このマインドコントロール任務の遂行を担当しました。『心理戦略委員会（PSB）』とは、アメリカに置かれていた委員会であり、心理作戦の計画と実行を行う組織のことです。

こうしたことから、日本人の手で制作されるテレビ番組がまだ少なかった戦後、アメリカのテレビドラマやコメディが、ごく自然に、次々と日本に輸入されて、ゴールデンタイムで放送されました。

放送されたテレビドラマは、戦争ものからスパイもの、西部劇など、実に様々な内容でしたが、その中で最も、「親米感情」を広めるために効果的だったと言われているのが、「ファミリー・シットコム」です。「シットコム」とはシチュエーションコメディの略で、家庭や職場など、ドラマの舞台は常に限定的で、しかも毎回、同じ顔ぶれの出演者によるコメディドラマのことです。日本では、『奥様は魔女』などが「ファミリー・シットコム」でお馴染みです。

結局、「パネルDジャパン」とは、テレビをはじめとするエンターテイメントなどを通して、アメリカの文化や風習を日本人に見せつけることで、日本人に「アメリカは凄い」、「アメリカにはかなわない」「アメリカ人のようになりたい」と、心理的に誘導することを目指した工作活動だったわけです。

彼らは『東京裁判』を行い、そして「W・G・I・P」によって教育やマスコミを通じて、日本人に自虐史観を叩き込み、さらに「パネルDジャパン」でテレビやラジオを通じて、日本人の「親米感情」ならぬ「尊米感情」を育ててきたわけです。

こうして日本人は、日本を本気で「ダメな国だ」と想い、欧米を美しく誤解し続けてきたわけです。

3S政策について

彼らの日本人に対する心理作戦は、「W・G・I・P」や「パネルDジャパン」に留まりませんでした。

「昭和政治のフィクサー」と名高く、儒教陽明学者であり、哲学者兼思想家である方に、安岡正篤(まさひろ)という方がおられました。そして彼は、占領軍GHQのガーディナー参事官(フルネーム不明)から直接、「3S政策」について聞いたそうです。

「3S政策」とは、3つの「S」、つまりスポーツ、スクリーン、セックスを流行らせる政策のことです。すなわち野球やサッカーといったスポーツ文化、映画やテレビといった芸能文化、そしてさらには性文化を流行させて、そちらに国民の意識と関心を向けさせ、「公の心」を奪い取る政策、それが「3S政策」なわけです。

「そんな心理作戦が本当に存在したのか?」、そう思われるかもしれませんが、こうした洗脳的な心理工作は、実は古代から行われてきました。

たとえばかつての古代ローマにおいて、市民たちは圧政を強いられながらも、権力者たちから無償で与えられる「食糧」と「娯楽」によって、政治的に盲目になっていました。その奇妙な状況を見て、詩人ユウェナリスは「パンとサーカス」と揶揄しました。

「サーカス」とは、古代ローマの競技場で行われていた馬車による競技であり、あるいは剣闘士の試合のことです。つまり現代的に言えば野球や格闘技などの「スポーツ観戦」を意味しております。「パン」を現代的に言えば、一時的に配られる給付金などの「バラマキ政策」のことです。この「パンとサーカス」という言葉は、権力者たちが市民に対して行う「愚民化政策」として、これまで語られてきました。

そして日本でも、「日の丸」さえ掲げられない戦後の息苦しい占領下の中、駅という駅に街頭テレビが設置されました。そしてＣＩＡのエージェントである正力松太郎がオーナーを務める『日本テレビ』はプロレスという格闘技を流しました。力道山が卑怯な反則技を使う外国人レスラーを空手チョップで倒すと、日本中から歓声が沸き起こりました。武道は平和を求め、人を活かすことを目的としていますが、戦後の日本では、武士道が失われると共に、ショービジネスの格闘技が流行してきたのです。

また正力松太郎の『日本テレビ』と言えば、日本の野球界を牽引してきた『巨人』と同じ系列の『読売グループ』でもあります。「セ・リーグ」と「パ・リーグ」では、なぜ「セ・リーグ」のほうが人気あるのか、それは「巨人ファン」と「アンチ巨人」が日本に多いからです。しかし実は機密解除された文書によれば、その『巨人』にもＣＩＡからコードネームが与えられていることが分かっています。『巨人』は「POHIKE（ポハイク）」です。

正力松太郎氏は「PODAM（ポダム）」、日テレは「PODALTION（ポダルトン）」、読売新聞社「POBULK（ポバルク）」、朝日新聞の主筆の緒方竹虎は「POCAPON（ポカポン）」と、それぞれにＣＩＡのコードネームがありました。

しかしコードネームは明らかになっているものの、「3S政策」に関する決定的な機密文書はまだ出ておらず、あくまでも安岡正篤という方が、「GHQ幹部から聞いた」と主張したに過ぎません。

しかし、まず安岡正篤ほどの著名な人物が、こんなウソをつく理由がどこにもありません。そして実際に、戦後の息苦しく不満を抱える占領下の中、まるで「パンとサーカス」のように、駅という駅に街頭テレビが設置されて、プロレスが放映されていたことは事実です。

また、すでに述べましたように、『はたちの青春』という映画に、GHQの命令によってキスシーンが入れられ、その後、日本人の性に対する価値観が大きく変えられてきたことも、歴史的な事実です。たしかに戦前の日本女性の「恥じらいの心・貞操観」と戦後の日本女性の「恥じらいの心・貞操観」が、大きく異なっていることは事実であり、それは日本の男たちも同様です。

あるいは『パネルDジャパン』によって、ゴールデンタイムにアメリカのテレビ番組が次々と放送されて、日本中が映画やドラマに釘付けになってきたことも事実です。現代の日本の若者たちは、国政選挙よりも、アイドルグループの選挙に熱中していることも事実です。

そして戦前の日本人は、天下国家に対する「公の心」を持って戦ってきたのに、戦後の日本人が「公の心」を忘れて、スポーツ、スクリーン、セックスといった「3S」に釘付けになってきたことも事実です。

ですから、たしかに公式文書として、アメリカから日本人に対して、「3S政策」が行われた事実が明らかになっているわけではありません。しかし「W・G・I・P」や「パネルDジャパン」などのすでに公式文書として明らかになっている事実、さらには時代の変化などを冷静に見ていくと、「日本人に対して3S政策が行われてきた」ということが確かに言えるわけです。

戦前の日本には、たしかに武士道が存在していたというのに、戦後の日本においては武士道が失われていることこそ、日本人に対して「3S政策」が行われた、その最大の証拠と言えるのではないでしょうか？

破壊された武士道

神道指令

では彼らは、具体的にどうやって武士道を解体し、そして私たち日本人の大和魂を眠らせたのでしょうか？

すでに述べましたように、武士道は、神儒仏の融和の道念であり、つまり神道、儒教、仏教が非常に重要です。ですからGHQは、まず日本を弱体化させるべく、8月15日の終戦からわずか四カ月後の12月15日には、「神道指令」というものを発令して、初めに神道を日本の公の場から取り除きました。

彼らは約2700年に亘り、日本の中心にあった神道を取り除いたのです。

その結果、多くの日本国民がキリスト教で言えば「ローマ法王」にも値する、神道における天皇陛下の存在意義を忘れてしまいました。「天皇陛下とは何をする人？」と問われて、答えられない日本人が多いのは、このGHQによる「神道指令」に原因がある、と言っても過言ではないでしょう。

天皇陛下とは神道における最高神主であり、365日、戦時中でも、そして今も、国民の幸福と国家の繁栄のために、神々に祈りを捧げています。

現代日本人からすれば、信じがたいかもしれませんが、戦前まで神道は日本の中心にあり、学校の授業でも、日本の神話が幼い頃から教えられていました。

ですからかつての日本人は、ごくごく当たり前に神霊の存在を信じておりました。そのために日本人は「神はいない」という無神論、「物のみが存在して霊は存在しない」という唯物論に陥ることはなかったのです。なぜなら日本の民族宗教であり、武士道の一つでもある神道からは、絶対に唯物論と無神論を導き出すことはできないからです。

しかも戦前までは、日本の学校、役所といった様々な公の場にも、ごくごく当たり前に神棚がありました。そのためにかつての日本人は、ごくごく当たり前に神仏に手を合わせていました。「誰に見られていなくても神様には見られている」、そういった謙虚な想いがあったために、「バレなければ良い」という悪い想いは抱きづらかったのです。

しかし「神道指令」によって公の場から、神棚が取り除かれていくと、家が古くなり、新しく建て替えられる際、徐々に個人の家からも神棚は消えていきました。これと同時に「神様には見られている」という謙虚な想いも消えていきました。

また、7年に亘るGHQの日本改造期間において、学校の教科書は、子どもたち自身の手によって墨で黒塗りにさせられ、神話を教えている部分などが消されました。

歴史学者アーノルド・トインビーはこう言ったそうです。

「12、3歳までに神話を学ばなかった民族は、例外なく滅びている」

なぜ神話を学ばない民族は滅びるか、それはまず第一に、自分の国に対して誇りを持てないことがあげられます。GHQは戦前には日本で当たり前に行われていた「神話教育」を日本人から奪い取ったのです。

学校に行っても自分の国の神話は教えられず、真面目に勉強すると「日本は悪い国、日本人はダメな民族」と嘘の歴史を教え込まれ、家に帰ってテレビを点けて「アメリカは素晴らしい」と報じられれば、日本人が「日本人としての誇り」を持てるはずもありません。

こうして日本人は、自分たちの民族宗教であり、武士道の一つである神道を忘れてきたわけです。その結果、多くの日本人が「神道って何？　仏教とはどう違うの？」と考えるようになってしまったわけです。

世界最古の国、日本

では、日本とはどんな国なのでしょうか？

作家で政治評論家の渡部昇一さんは、ドイツに留学に行かれた際、ドイツ人から、「そういえば戦時中、日本にはテンノーという人物がいたが、その後、どうなったのか？」と訊ねられました。そこで渡部昇一さんは「戦前も、戦中も、今も同じ方が天皇でいらっしゃいます」と答えると、相手のドイツ人はとても驚かれたそうです。そこで渡部氏は「ちょっとお国自慢をしてやろう」と思い、こう述べたそうです。

「ギリシャ神話には、トロイア戦争を戦ったアガメムノンという王がいるが、天皇とは神武天皇から今も続いており、日本神話で言えば、この神武天皇はアガメムノンに相当する」と。その話を聞いて、相手のドイツ人は、卒倒しそうになるほど、日本の神話が今も続く長い歴史に驚いたそうです。

かつてドイツには、シュリーマンという人物がおられ、このシュリーマンの功績の一つに「トロイア遺跡」の発掘があります。彼は、周囲から「見つかるわけがない」とか、「荒唐無稽だ」とか、そう罵られながらも、見事にトロイア遺跡を発掘しました。そのためにドイツ人にとって、シュリーマンは誇りでした。そして彼が実在を証明したこのトロイア戦争を、ギリシャ側で指揮していたのは、「王の中の王」とも称されたアガメムノンという人物です。アガメムノンはドイツ人で多少の教養があれば、誰もが知っている歴史上、実在した人物です。

だから渡部昇一氏は、「天皇とは神武天皇から今も続いており、日本神話で言えば、神武天皇はギリシャ神話のアガメムノンに相当する」と述べたわけです。なぜならこのアガメムノンから、わずか五代ほどさかのぼると、ギリシャ神話の最高神と言われている全知全能のゼウスに到達すると言われているからです。しかしゼウスが実際に存在したかどうか定かではなく、またゼウスの子孫が誰かも分かりません。

その一方で、神武天皇から令和の今も皇室は続いており、神武天皇の子孫が誰か、日本人ならば誰でも知っております。そして日本を建国された神武天皇から、わずか六代さかのぼると、伊勢神宮で祀られている天照大神にたどり着くのです。実は世界でも類を見ないことですが、日本の歴史の特徴は、神話から現実の歴史が今も途切れることなく続いていることなのです。

だからこそドイツ人は、「日本神話の神武天皇は、ギリシャ神話のアガメムノンに相当する」という話を聞いて、卒倒しそうになるほど日本の長い歴史に驚いたわけです。

フランスの民族学者レヴィ・ストロースは、日本人と神話について、こう述べました。

「われわれ西洋人にとって、神話と歴史との間は深い淵で隔てられています。それに対して、もっとも心を打つ日本の魅力の一つは、神話も歴史もごく身近なものだという感じがすることなのです」

つまり西洋人からすると、「歴史」というものと「神話」というものは、完全に区別されたものですが、しかし日本は今も神話が続く国であるために、「歴史」と「神話」が区別されていない、だからこれが日本の魅力の一つだと述べているわけです。

アメリカは建国されて、まだわずか247年しか経っておりませんが、日本は皇紀2684年の歴史を持ち、さらにその歴史と繋がる神話を持っております。ユダヤの民も古い歴史と神話を持っていますが、しかし彼らは長らく国を失っておりました。また中国も中華文明という古い文明を持ってはおりますが、しかし政権が変わる度に、異なる民族が大陸を支配して、国そのものが変わってきました。しかし日本という国は、神話から今も一つの国が続いている世界最古の誇り高き国家なのです。

実は日本では、「革命」というものが一度も起きたことがありません。天に代わって天下を治める存在が天子と言われております。しかし天子の徳が無くなり、世が腐敗すれば、天命が別の姓を持つ天子に革まって易わっていく、これを「易姓革命」と言います。そして中国では何度も、何度も「天命」が革まって革命が起きてきました。しかし天皇陛下および皇室の方々には、そもそも姓さえなく、日本ではただの一度も易姓革命が起きたことはありません。

天皇陛下というご存在は、神道における最高神主であり、日本の「権威」であり、実際に国を動かす「権力」は天下人にありました。神武天皇の頃などには「権威」と「権力」が一体であったこともありますが、しかし日本で初めて武士として太政大臣になった平清盛から、鎌倉幕府を開いた源頼朝、室町幕府を開いた足利尊氏、江戸幕府を開いた徳川家康、最初の総理大臣の伊藤博文から現総理にいたるまで、皆に共通していることは、国を動かす職務を天皇陛下から任命されている、ということです。

日本こそ世界最古の国であり、海が壁となり、外敵からは守られ、四季があり、恵まれた川や土があり、たしかに戦乱の時代もありましたが、それでも諸外国に比べて、日本人は和の心でもって、はるかに仲睦まじく暮らしてきたのです。

そして戦前までは、神道が国家の中心にあると共に、神話も学校の授業で習っていたのですが、「神道指令」が発令されて、こうしている今も自虐史観が植え付けられているわけです。

学問の破壊

ＧＨＱは神道を隅に追いやり、日本人に神話を忘れさせるだけでは飽き足りず、武士道に多大な影響を与えていた「修身」という儒教教育も奪いとりました。実は戦前の小学校、中学校では、儒教という学問が教えられていたのです。

どうやら戦前の日本人が使っている「学問」という言葉と、戦後の日本人が使っている「学問」という言葉には、かなり違いがあるようです。

では、「学問」とは何か？

儒教の孔子はこう言われております。

「吾、十五にして学を志し、三十にして立ち、四十にして惑わず、五十にして天命を知り、六十にして耳順(みみしたが)い、七十にして心の欲する所に従(したが)へども矩(のり)を踰(こ)えず」

これは「私は15歳の時に学問に志を立てた。30歳になって学問の基礎ができて自立できるようになった。40歳になると心に迷うことがなくなった。50歳になって天が自分に与えた使命が自覚できた。60歳になって人の意見を素直に聞けるようになった。70歳になると自分のやりたいと思うことをそのままやっても、人の道を踏みはずすことがなくなった」という意味です。

儒教には、自らの言葉と行動を修める「修身」ということが、非常に重んじられております。そして孔子が「十五で学を志し、七十で修身を完成させた」と言っているように、つまり儒教で言われる「学問」とは、「修身」を目指した「人間完成への道」であったわけです。

そもそも「大学」というこの言葉も、儒教の四書五経の書物である『大学』が由来になっております。ですから本来、大学も卒業証書を貰うことを目的とするものではなく、人間完成を目的とするものなのです。そして日本で義務教育が始まると、かつて古代の中国にあった初等教育機関の「小学」から名前を取り、「小学校」が建てられました。

そして学問を究めんとされた孔子は言われます。「朝に道を聞かば夕べに死すとも可なり」と。これは「明日の朝に、学問を究めることができて、人間としての正しい生き方を体得することができたら、その日の夕方に自分は死んでしまっても構わない」という、学問に対する強い情熱を込めた言葉です。同じような学問に対する強い情熱を込めた言葉として、幕末の長州藩の仏教僧侶の月性という方の言葉があります。

「男児　志を立てて　郷関を出ず　学　若し成る無くんば　死すとも還らず
骨を埋む　豈惟　墳墓の地のみ　ならんや　人間　到る処に　青山有り」

これは「男が学問で一人前の人間に成らんと志を立てて、故郷を出て、もしも学問が身につかなければ、死んでも帰らない。骨を埋めるところは墓とは限らず、あちこちに骨を埋められる山々がある」という意味です。

これらの言葉から何が分かるかと言えば、本来の学問を学ぶ姿勢というのは、「手段としての学問」ではなかったわけです。つまり良い大学に入るための学問、良い会社に就職するための学問、立身出世をするための学問ではなく、人間完成を目指して「学ぶ」ということ自体が、まさに目的だったのです。

たとえば吉田松陰は、黒船の密航が失敗に終わり、下田の牢に入れられました。そして松陰は一緒に捕まった金子重之輔に対してこう言いました。松浦光修（まつうらみつのぶ）という方が書かれた『講孟余話　吉田松陰、かく語りき』から、そのやりとりを紹介させていただきます。

（私は）死を覚悟しつつ、渋木くん（金子重之輔の変名）に言いました。

「今、ここで読書をすること……それこそ『ほんとうに学問をする』ということなのです。昔、シナの前漢の時代に、第七代武帝の死後のおくり名をどうするか、という議論をしているうちに、時の九代の皇帝である宣帝の怒りにふれ、獄に入れられた夏侯勝（かこうしょう）と黄覇（こうは）という人がいます。夏侯勝は儒学者でしたから、黄覇は夏侯勝に『学問を教えてくださ い』と言いました。しかし夏侯勝は、『じきに死刑となる私たちが、今さら学問でもないでしょう』と言います。すると、黄覇は、こう言いました。

『「論語」という古典には、「もしもある日の朝、正しい生き方を知ることができたら、その日の夕方に死んでも悔いはない」とあります。ですから、なるほど私は、いつ死刑になるかもわからない身でありますが、ぜひとも今、学問を教えていただきたいのです』

夏侯勝は、その言葉に感動して、ようやく学問を教えることにしました。そのようにして、三年の歳月が過ぎます。その間、二人は獄中で講義や議論をして、学問を怠りませんでした。するとある日、突然、皇帝から人々の刑罰を軽くする……という命令が出て、二人は思いがけず釈放されることになったのです。そののち二人は、ふたたび役人に返り咲いて活躍しています。

さて、この話をもとに、今の私たちの境遇を考えてみましょう。獄中にある時、先の二人は、『いつか釈放されるにちがいない』などとは、夢にも思っていなかったはずです。しかし、正しい生き方を知ることを、何よりも楽しみに思い、また、そのために学問を、何よりも好んでつづけているうちに、そのような良い結果が自然におとずれたのです。ですから今、私たち二人も、前漢の時代のその二人にならい、明日はどうなるかわからない身でありますが、ひたすら学問を続けていくべきではないでしょうか」
私がそう言うと、渋木くんも、とても喜んでくれたものです。

この後、吉田松陰は長州藩の萩にある野山獄に護送され、その獄中の1年2カ月の間に、618冊もの大量の書物を読破しています。このように儒教における学問というものは、手段ではなく目的として行い、正しい生き方を学ぶものであったのです。ですから戦前の日本の公教育では、「国家の権力者であろうと、一般庶民であろうとも、一人一人が学問を通じて、自らの言葉と行動を正して身を修めていく、これを行わずして世の中が平和的に治まることはない」という儒教教育が行われていたのです。

しかしGHQは、儒教教育を薄っぺらい道徳の授業に変えて、今ではその薄い道徳の授業さえ無くなり、代わりにLGBTQを理解するための授業が小学校高学年から始まりました。いつしか日本の教育は、知育、体育、食育といった肉体ばかり育むだけとなり、人々に徳を授ける「徳育」は、まったく取り除かれてしまったわけです。その結果、弱肉強食の激しい受験戦争、出世競争が繰り広げられております。

そもそも日本人は、学問においても、武道においても、その他の様々な世界において、心情として弱肉強食より切磋琢磨を好みました。

たとえばこんな話があります。慶應大学を設立した福沢諭吉は、「コンペティション」という英単語に出会い、いろいろと考えた末に「競争」という日本語を造語しました。つまりかつての日本には、「競争」という言葉さえ無かったわけです。そして彼は、この言葉を江戸幕府の役人に見せたところ、その役人は「争」という文字を見て、「穏やかならぬ文字である。いったいこれはどういうことか」、「これでは御老中がたにお目にかけるわけにはいかぬ」と、受け入れられなかったと回想しています。

すなわちかつて日本の空気として、あまり「競い争う」ということが、そぐわなかったと言えます。これは表現を変えれば、強い者が弱い者を喰らう「弱肉強食」というよりも、己とこそ戦って他と磨き合う「切磋琢磨」こそを、かつての日本人は好んだとも表現できるでしょう。

しかしGHQは目的の学問から、出世のための手段の学問へと変えて、そして結果的に弱肉強食の受験戦争が繰り広げられてきたのです。それは結局、「日本の教育がおもしろくなくなった」ということです。

たとえば幕末の異端児高杉晋作は、長州藩の藩校『明倫館』にはまったく肌があわず、学問にはあまり興味を示さず、武術で身を立てようとしていました。しかし吉田松陰との出会いが、彼の人生を大きく変えました。なぜなら高杉晋作は、吉田松陰が開いた『松下村塾』では、学問に対して非常に深い情熱を注いだからです。『松下村塾』の学問は、儒教の『孟子』を中心としたもので、人間完成を目的とすると共に、時々刻々と変化している政治情報にも長けており、現実に世の中に自分を置いて役立てられる実践的な学問だったからです。そのために高杉晋作は、『松下村塾』の中では、実力をグイグイと伸ばして、久坂玄瑞と共に「松下村塾の双璧」と称されるようになりました。そして彼は、おもしろくない世を、おもしろい世へと変えようと命を懸けたのです。

つまりかつての日本の男らしい男たちというのは、剣・弓・馬・槍・銃砲などの武芸十八般に通じつつ、学問のおもしろさをも知っていたわけです。すなわち侍という生き物は、文武両道に生きていたわけです。心を鍛え、頭を鍛え、体を鍛える文武両道、それもまた武士道なわけです。

そして明治維新以降、日本の公教育も実はこの「松下村塾」を手本とした、そうした実践的な教育が全国的に行われていました。もちろん戦前の教育が完璧であったとは言えませんが、しかし高杉晋作が学問に興味を示さなかった「明倫館」と、学問に興味を示した「松下村塾」のような違いはあったと言えるでしょう。

単純に言ってＧＨＱは、日本の公教育をつまらなくして、「学ぶことのおもしろさ」を日本人から削り取ったわけです。

七生報国

では、仏教と武士道の関わりは、いかなるものなのでしょうか?

たとえば鎌倉時代、幕府の権威は失墜しており、政権を担っていた北条高時は、政治への興味をなくして、遊びほうけていました。高時の道楽の極め付きが「闘犬」であり、高時は諸国に強い犬を求め、犬を輿に乗せて、庶民に犬に頭を下げさせる有様でした。人々は重税に苦しみ、世の秩序も乱れていました。

1331年、そんな悪政を見かねた後醍醐天皇は、鎌倉幕府打倒を目指して京都で挙兵しました。しかし世が乱れているとはいえ、まだ幕府の軍事力は強大でした。そのために武家や豪族たちは世を憂いながらも、「倒幕」に対して、恐れをなして立ち上がろうとはしませんでした。

そうした中、後醍醐天皇の呼びかけに応じ、「腐敗した世をどうにかしたい」と想い、立ち上がったのが楠木正成という一人の侍でした。楠木正成は、同じ想いを持つ仲間の力を借りて、たったわずか数千の兵で8万もの幕府の大軍に勝利しました。

この勝利によって、「鎌倉幕府、恐るるに足らず」という気風が日本中に広まりました。こうして各地の豪族たちも次々と蜂起し始めたのです。そしてついに鎌倉幕府内部からも、大物の豪族たちが次々と反旗を翻しました。その一人が足利尊氏です。ついに倒幕勢力は鎌倉に攻め入り、北条高時を討ち取りました。こうして源平合戦以来、約１４０年続いた鎌倉幕府はついに滅びました。

その後、足利尊氏が、またもや後醍醐天皇に対して反旗を翻しました。そのために今度は、楠木正成と足利尊氏とが対決することになりました。歴史に有名な「湊川の戦い」です。

足利尊氏軍3万５０００の兵に対して、楠木正成軍の兵はたったの７００騎、その戦力差は実に約50倍以上でしたから、誰もが簡単に勝敗がつくと思いました。しかし足利尊氏は戦力を小出しにするだけで、なかなか総攻撃を仕掛けませんでした。足利尊氏にしてみれば、今でこそ楠木正成と戦っておりますが、ほんの数年前までは、「打倒、鎌倉幕府」を誓って、共に戦った仲間だからです。「楠木正成ほどの人物を失うのは惜しすぎる」と、尊氏は考えたわけです。

そのために足利尊氏は、何とか楠木正成の命を助けようと、再三に亘って降伏勧告を続けました。しかし楠木正成はその勧告を受け入れず、50倍の軍勢に対して、鬼気迫る勢いで突撃を繰り返しました。

足利尊氏にしても、このままでは自軍の損失は増える一方だったために、ついに一斉攻撃を始めました。楠木正成は、わずか７００騎の軍勢で、数十倍の敵勢力に16回にもおよぶ突撃攻撃を繰り返しました。しかしやはり最後は多勢に無勢、特攻の度に、正成の軍は倒れる兵が増加していきました。6時間の激闘の末、残った者はわずか73騎でした。楠木正成は生き残った73名の部下と共に、死出の念仏を唱えて火を放ち、自刃しました。享年42でした。念仏とは、簡単に言ってしまえば、仏教で説かれている仏様の姿を想い描き、安らかな心を取り戻すことです。

この時の彼の有名な言葉、それが「七生報国」です。これは「七度(ななたび)生まれ変わっても、自分は天家国家に報いる」という意味であり、楠木正成は「侍の鑑」として日本人に尊敬され、彼の特攻精神は「楠公精神」として語り継がれてきました。

この「生まれ変わり」という転生輪廻の思想こそ、実は仏教によるものです。

仏教が武士道に思想的に与えた影響、それはやはり「不惜身命」の一言につきると言えるでしょう。「不惜身命」とは文字通り、「身も命も惜しまない」という意味です。たとえば奈良時代、唐（中国）から日本にやって来て、仏教を広めた鑑真(がんじん)は、五回も渡航に失敗して、六回目でようやく日本にたどり着きました。彼はその航海の中で失明してしまっております。しかしたとえ失明しようとも、異国の地に仏教を広めようとするその情熱たるや、まさに「不惜身命」と言えます。自らが仏の道を求め、そして世の人々に仏の道を伝えるためならば、身も命も惜しまない、そういった勇ましくも慈悲に満ちあふれた精神だからこそ、インドで興った仏教はアジアに広がってきたのです。

すなわち仏教では、死後の生命を確信する霊的なる人生観を築き上げることをもって、「悟り」と呼ぶために、仏教を学んでいた真の侍たちというのは、「死の恐怖」を克服していたわけです。

戦国時代に終止符を打ったのは、徳川幕府を開いた徳川家康ですが、天下分け目の戦い「関ケ原の合戦」において、天下の猛将で知られる真田幸村は、西軍について徳川軍と戦うことになりました。家康の息子で二代将軍となる徳川秀忠は3万8000人の軍勢を率いる一方、迎え撃つ真田軍はわずか3000人で戦いに挑みます。圧倒的に不利な戦いの中、真田軍は秀忠軍を挑発し、おびき寄せ、引きつけ、そして油断して攻めてきたところを、堰き止めておいた川の水でもって秀忠軍を押し流してしまいました。つまり「徳川家康が最も恐れた男」とも称される真田幸村は、「関ケ原の合戦」では敗れたものの、しかしわずかな軍で十倍以上の兵力差のある秀忠軍には勝利してしまったわけです。

その真田家の家紋は、「不惜身命の六文銭」です。「六文銭」とは三途の川の渡り賃であり、すなわち「不惜身命の六文銭」とは、他人の評価とか、自己保身とか、それればかりか死ぬ覚悟さえも超えて、もはや自らが「死人（しびと）」と化して戦場に赴く覚悟の表れなわけです。

葉隠精神

「武士道とは死ぬことと見つけたり」

　これは『葉隠』の有名な言葉です。

『葉隠』とは、江戸時代中期の思想家、山本常朝という方が、侍としての生き方を語り、それを田代陣基という方が書物にまとめたものです。

　では、「武士道とは死ぬことである」、これはいったいいかなることなのでしょうか。

　これはもちろん犬死や無駄死をすすめているわけではありません。

　現代日本の常識からみれば、『葉隠』が述べていることは、かなり「狂った思想」に思えなくもありません。しかしまぎれもなく侍たちは常識人でした。彼らは「偉大なる常識人」だったのです。

　その証拠に、吉田松陰は自分が処刑される前に、こんな詩を詠んでおります。

「親思う　心にまさる　親心　けふの音づれ　何ときくらん」

　つまり「私が両親を思っている以上に、両親は私を思って下さっている。だから今日の私の処刑の知らせを聞いたら、果たしてどれほどに悲しまれるのだろうか」と、そう吉田松陰は詠んだわけです。

　しかし吉田松陰の辞世の句は次の通りです。

「身はたとえ　武蔵の野辺に朽ちぬとも　留め置かまし　大和魂」

つまり、私の肉体は、たとえ関東のいずれの地で滅んでいこうとも、しかし私の大和魂だけは滅び去ることがない、そう吉田松陰は詠んだわけです。

この吉田松陰の二つの詩からも分かりますように、この国を築き、そして守り抜いてこられた侍たちは、決して死に急ぐ変人や狂人などではなく、私たち現代日本人と同様に、彼らにも親がいて、友がいて、愛する人がいる普通の人間でした。

しかし彼らの「高潔なる侍精神」、すなわち「大和魂」が、彼らに情熱を与え、彼らを激誠の人と化し、彼らを突き動かして、そして時には命を懸けて戦わせたのです。

歴史家で有名な司馬遷は、死刑を宣告された友人への手紙の中で、「死はあるいは泰山（たいざん）より重く、あるいは鴻毛（こうもう）より軽し」という言葉を送っております。「泰山」とは中国の有名な山のことで、非常に重いもののたとえのことであり、「鴻毛」は鴻（おおとり）の羽毛のことで、非常に軽いもののたとえのことです。つまり「人間の命は、とても大切で、とても重たいものではあるが、しかし人間は必ずいつかは死ぬものだから、また命はある意味において、とても儚く、とても軽いものでもある」、という意味です。

「命」ということについて、儒教の孟子も次のように述べています。

「志士は溝壑（こうがく）に在るを忘れず、勇士は其の元（こうべ）を喪（うしな）うことを忘れず」

意味としては、「真の志士ならば自分の屍（しかばね）が溝や谷に棄てられても構わない」という覚悟を持ち、「真の勇士ならば、いつ首をとられても構わない」という覚悟を忘れてはならない、という意味です。

孟子の言葉を、こよなく愛したのが吉田松陰です。弟子の高杉晋作は師の吉田松陰に、「男子とはいかなる時に死ぬべきであるのか」と問うと、松陰はこう答えました。

「死して不朽の見込みあらばいつでも死すべし。

生きて大業の見込みあらばいつまでも生くべし」

つまり松陰という方は、自分の教え子たちに、「男子というものは、いつ死ぬかを問題にするのではなく、公のためにいつでも死ねる覚悟を決めて、大業を成す努力を全力で行って生きろ」と、そう教えたわけです。

つまり「武士道と云うは死ぬ事と見つけたり」とは、犬死や無駄死を望むのではなく、もしも目の前に生と死の二本の道があったのならば、勇気を持って「死の道」を選べ、そうであるからこそ活路を見出し、不朽の大業を成すことができる、しかしもしも死を恐れて、「生の道」を取れば、かえって「死地」に追い込まれ、しかも何ら公の仕事も成すことができない、それではただ後悔を残すばかりである、だから真の侍たる者は、生きて大業の見込みあらば生き抜くことに専念し、しかし死して何ものにも代えがたい不朽の見込みがあれば、死をも覚悟して戦う、とそのように『葉隠』の言葉を解釈することもできるでしょう。

この『葉隠』の思想は「死狂い」とも呼ばれ、危険視され、一時期は封印されていたのですが、しかし江戸幕末に再び、甦ったと言われております。この「葉隠精神」と「楠公精神」が重なることによって、神風特攻隊の「特攻精神」が育まれてきたと言っても、過言ではないかもしれません。

そしてこの葉隠思想を説いた山本常朝（やまもとじょうちょう）は、仏教の禅に通じる僧侶でした。仏教の禅には、「大死一番（だいしいちばん）、絶後（ぜつご）に甦る（よみがえる）」という言葉があります。これはつまり「一度、自らの欲望、自我我欲、執着を断ち切り、自らの心の中で自らを一度殺してしまい、毎日、己の葬式をあげんとする覚悟で一日一日を生き、今後の人生を見つめ直していく」という考え方です。

この「自らを一度死する」という仏教の禅の思想が、「武士道と云うは死ぬ事と見つけたり」という『葉隠』の思想に影響を与え、そしてその『葉隠』の思想が、侍たちに影響を与えていた可能性は大きいと言えるでしょう。

つまり仏教は、「七生報国」や『葉隠』といった形で、武士道に多大な影響を与え、日本の侍たちの「死生観」に深く関与してきたわけです。なぜなら仏教とは本来、「転生輪廻」という生まれ変わりを教えると共に、人々に「生きる意味」や「死の意味」を教えるものだからです。

ですからかつての日本の侍たちの多くが、仏教の禅に深い関わりを持っていました。なぜならかつての侍たちは、剣道などの武道を通じて、技と体を鍛えるのみならず、武道場では座禅を組んで己の心を見つめ、心を練り上げる訓練を行っていたからです。真の侍たる者は精神修養に励むことで、一日を一生の如く生きる気概を備えていたわけです。

真の人生の長短

吉田松陰は死の直前、『留魂録（りゅうこんろく）』という書物を記しました。この書物は彼の弟子をはじめ多くの維新志士たちのあいだで、聖書のごとく読みまわされました。この中で吉田松陰は、こんなことを述べています。

> 今日、私が死を覚悟して平穏な心境でいられるのは、春夏秋冬の四季の循環について悟るところあるからである。つまり、農事では春に種をまき、夏に苗を植え、秋に刈り取り、冬にそれを貯蔵する。秋、冬になると農民たちはその年の労働による収穫を喜び、酒をつくり、甘酒をつくって、村々に歓声が満ち溢れる。
> 未だかって、この収穫期を迎えて、その年の労働が終わったのを悲しむ者がいるのを私は聞いたことがない。

私は現在三十歳。いまだ事を成就させることなく死のうとしている。農事に例えれば未だ実らず収穫せぬままに似ているから、そういう意味では生を惜しむべきなのかもしれない。だが、私自身についていえば、私なりの花が咲き実りを迎えたときなのだと思う。そう考えると必ずしも悲しむことではない。なぜなら、人の寿命はそれぞれ違い定まりがない。農事は四季を巡って営まれるが、人の寿命はそのようなものではないのだ。

しかしながら、人にはそれぞれに相応しい春夏秋冬があると言えるだろう。十歳にして死ぬものには十歳の中に自ずからの四季がある。二十歳には二十歳の四季が、三十歳には三十歳の四季がある。五十歳には五十歳の、百歳には百歳の四季がある。十歳をもって短いというのは、夏蟬のはかなき命を長寿の霊木の如く命を長らえようと願うのに等しい。百歳をもって長いというのも長寿の霊椿を蟬の如く短命にしようとするようなことで、いずれも天寿に達することにはならない。

私は三十歳、四季はすでに備わっており、私なりの花を咲かせ実をつけているはずである。それが単なる籾殻なのか、成熟した粟の実なのかは私の知るところではない。もし同志の諸君の中に、私がささやかながら尽くした志に思いを馳せ、それを受け継いでやろうという人がいるなら、それは即ち種子が絶えずに穀物が毎年実るのと同じで、私の人生も、何ら恥ずべきことではない。同志諸君よ、この辺りのことをよく考えて欲しい。

このように吉田松陰という方は、人生を四季にたとえて、そして29歳という若さで閉じられる自らの人生について、「けっして短くはない、私なりの四季がたしかにあった」と、弟子たちに説いたわけです。そして吉田松陰は『留魂録』の冒頭で、こう述べています。

「私の人としての価値は、死後に棺を蓋で覆って初めて評価されるべきものである」

たしかに彼の弟子の高杉晋作も27歳の若さで病死するものの、日本にとって多くの功績を残しておりますし、それは31歳で亡くなった坂本龍馬も同様でしょう。また吉田松陰の弟子には、伊藤博文をはじめ多くの明治の元勲がいることも事実です。

命は泰山にして鴻毛であるために、いかなる生き様を選び取るかによって、たとえ生きた年数が短くとも、短い人生にはならないのかもしれません。

「せっかくこの世に生まれたのだから、少しでも長生きして、食欲、性欲、出世欲、名誉欲を満たさなければ損な人生である」と考える人もいるかもしれません。しかし「せっかくこの世に生まれたのだから、自らを鍛えあげ、欲に対して少しでも強くなり、たとえ短い人生であったとしても、事を成すために行動しなければ損な人生である」と考える人もいるわけです。

そしてたしかに侍たちの死生観は、あきらかに現代日本人とは大きく異なり、彼らは天下国家に対する志を持って、仏教で言う「小欲知足」に生きたわけです。「少欲」とは、未だ自分が得ていないものを欲しない心であり、「知足」とは、すでに自分が得ているもので満足することを知った穏やかな心のことです。

そしてこうした小欲知足ということを踏まえて、天下国家に対する志を持った、始末に困る生き様にこそ、武士道があり、大和魂があると言えるでしょう。

遠のく神社仏閣

歴史を紐解くと分かりますように、かつての日本人は、神道、儒教、仏教と深い関わりがありました。

たとえば江戸時代において、良寛という和尚さんが、村の子どもたちと隠れんぼをしたり、手鞠をついて遊んでいた話がありますが、実はそうした宗教的な風習が、ずっと日本で続いてきたのです。そのために戦前の日本の子どもたちは、神社やお寺の境内で遊び、自然と神主さんやお坊さんといった宗教家にも触れていました。そうやって神主さんやお坊さんから、時には褒められたり叱られたりしながら、日本の子どもたちは、ごく自然に精神修養を行ってきたわけです。

しかしGHQは、わざわざ日本中に公民館を建てて、そこに日本の子どもたちを集めることで、結果的に、日本の子どもたちは、神社仏閣から遠ざけられました。

たとえばアニメ『ちびまる子ちゃん』で、「子供会」が開かれておりますが、日本中で行われてきたあのような「子供会」は、実はGHQが建てた公民館で行われているのです。つまりGHQによる公民館の建設、それは結果的に、日本の子どもたちが神社仏閣から引き離され、精神修養から遠ざけられることになったわけです。

さらにGHQは、「農地改革」を行って、神主やお坊さんたちの生活基盤だった土地を取り上げました。なぜなら宗教家が土地を失い、貧しくなって、金儲けに励めば、自然と宗教家の精神性が落ちるからです。またお金儲けに走る神主や坊主からすれば、神社やお寺の境内で、子どもたちに遊んで欲しくもありません。つまり宗教家が貧しくなることで、良寛和尚のような僧侶はいなくなってきたわけです。

そして仏教が興って2600年という長い歳月が経過していることも重なって、日本の仏教は、「人々に生き死にを説いて、正しい心について教える」という本来の使命よりも、葬式や法事がメインとなり、葬式仏教、あるいは観光仏教へと堕ちてしまいました。日本の総人口は1億2000万人ですが、宗教人口は2億人と言われ、それは神道と仏教でダブルカウントされているからです。ですから多くの日本人が、必ずと言って良いほど、知らぬ間に氏子として数えられ、どこかのお寺に属しておりま す。しかし多くの日本人が、今も仏教と関わりを持ちながらも、多くの日本人が仏教の中身である心の教えを知らないために、「仏教とは葬式や法事の専門家」と考えております。しかし真実は、仏教とは心の専門家です。

神道、儒教、仏教には、それぞれ一長一短があります。神道は「和の心」を重んじる日本の民族宗教であり、「儒家神道」、「神仏習合」という形で、神道が儒教や仏教と融和することで、武士道を築き上げてきました。しかし神道には、心の教えに相当するものがあまりなく、かなり神話が中心になっています。

儒教は仁や義といった徳について説かれた心の教えがあり、天下国家に調和を築かんとする教えであるものの、しかし生と死については説かれておりません。孔子は言われます。「怪力乱神を語らず」、「未だ生を知らず、焉くんぞ死を知らん」と。つまり「あの世や霊的なことについて語らない」、「自分はまだ生きる意味が分からないから、死についても分からない」と、孔子は明確に述べているわけです。

仏教は生き死にや霊的なことについて説くことで、「自分が、自分が」という自我我欲を反省によって取り除くことで心の調和を目指す宗教です。しかし仏教が興って2600年という長い年月の中で、一体、何が仏の教えか分からなくなってしまいました。ある仏教宗派は「念仏こそ仏教」と言い、ある宗派は「座禅こそ仏教」と言い、ある宗派は「密教こそ仏教」と言い、ある宗派は「法華経こそ仏教」と言い、どこに仏の教えがあるのか分からなくなる中で、いつしか仏教そのものが葬式仏教、観光仏教と化してしまったのです。

このように神道指令が発せられ、儒教教育が排除され、さらには神社仏閣から日本人が遠ざけられて、ちょうどその頃に仏教自体が衰退していくことによって、日本から武士道が失われてきたわけです。そして敗戦から約80年の月日が経過してみると、日本人はまさか「武士道とは神儒仏から成り立っている、その武士道こそ誰の中にもある大和魂を開花させてきた」とは、想像もおよばなくなってしまったわけです。

こうして見事に武士道は解体されてしまいました。

「ＬＧＢＴＱ」の潮流が世界を覆っている中で、先進国の中でも、日本のこの潮流はまだマシなほうです。そして日本人が「男らしさ」ということを考えるならば、やはり「大和魂」、「武士道」は外すことはできません。

ですから今こそ日本人は、大和魂および武士道を見つめなおし、世界に向けて、「男らしさ」、「女性らしさ」を語っていくべきなのです。

第二章　武士道を行く

特攻精神

日本分割統治の恐怖

実は私は、世界情勢や日本の政治の現状を見ると、「もしこのまま武士道、そして大和魂が甦らなければ、日本のみならず人類が滅んでしまうだろう」と考えております。なぜなら「ミツバチがいなくなれば世界は4年で滅びるかもしれない」と言われているように、世界を覆っているＬＧＢＴＱの潮流によって、このままでは「男らしさ」や「女性らしさ」が失われていくことが、確実に目に見えているからです。

しかしその一方で私は、「ＬＧＢＴＱの潮流を食い止めて、これを押し返していくものこそ武士道、そして大和魂である」とも考えております。

私たち日本人が、日本および世界を滅ぼさせないために、失われた武士道、大和魂を甦らせようとする時、知らなければならないこと、それは「特攻の真意」です。

実は第二次世界大戦中、当時のアメリカ、イギリス、ソ連、中国には「日本分割統治案」までありました。東京を中心とした関東はアメリカが管理し、北海道と東北はソ連が管理し、四国は中国が管理することで、これらの地域は共産国家になる予定だったのです。

よくよくあの人種差別の酷い帝国主義の時代を考えてみてください。戦争の大義名分を狡猾に作り上げて、強引に日本を戦争に引きずり込み、「日本人強制収容所」まで建設し、民間人の殺戮が禁じられているというのに、「いかにしたら日本人を焼き殺せるか」を研究するために、わざわざ砂漠のド真ん中に焼夷弾の実験場を建設し、「マンハッタン計画」で日本に原爆を落とすことも決定し、「日ソ不可侵条約」を一方的に破ってソ連までもが参戦し、「東京裁判」では自分たちが行ってきた「悪」をすべて日本に押し付けて、「全部、日本の責任だ」と言い切って、そして「南京大虐殺」を捏造してしまう、そんな野蛮なことが本当に行われたのですから、彼らは本当に「日本分割統治案」を考えていたのです。

それはつまり、日本がバラバラになって、ハワイのように国ではなくなり、滅んでしまう可能性さえ十分にあったということです。むしろかつて存在していたハワイ王国でさえ、日本と共に白人たち欧米列強の人種差別と戦うことを望んでいました。

しかしハワイはアメリカの一州になります。これと同様に、日本もハワイのようになる可能性があったのです。しかし「日本分割統治案」は消し飛び、実質上は米軍の

ＧＨＱ占領軍が、日本全土を占領下に置いて、徹底的に日本を改造していったわけです。

「日本分割統治」が消し飛んだ理由は明らかにされておりませんが、おそらく日本の侍たちによる反乱が、日本各地で起こり続けて、双方に甚大な被害が出続けて、結果的には「不可能である」という結論になったのでしょう。それはパラオでの戦い、硫黄島の戦い、沖縄戦から、彼らは「日本分割統治は不可能」と考えたのでしょう。

すなわち「日本分割統治案」が無くなったその最大要因こそが「大和魂」であったと言えるわけです。

すでに述べましたように、実はアメリカは沖縄上陸に続いて、九州上陸も想定していました。しかし米軍が九州に上陸した場合のシミュレーションでは、「米軍の死傷者数は２６０万人以上」という数字が出ました（小室直樹説）。彼らはもとから「マンハッタン計画」で日本に核兵器を落とす計画を持っておりましたが、特攻さえしてくる日本の大和魂を目の当たりにして、「九州上陸」と「日本分割統治」をあきらめざるを得なかったわけです。

ＬＧＢＴＱの潮流によって、日本および世界が滅びようとしている今だからこそ、失われた大和魂を甦らせなければならず、そして大和魂を甦らせようとする時に、私たち日本人が知らなければならないこと、それは「特攻の真意」です。

特攻の真意

自爆攻撃である特別攻撃隊の編制、そしてその出撃命令を初めて発した人物に、大西瀧治郎(たきじろう)海軍中将という方がいます。この大西瀧治郎中将こそ、「特攻隊の父」と呼ばれる人物です。

しかし大西中将は最初、「特攻」に対して「統帥(とうすい)の外道(げどう)」と称していました。「統帥」とは軍隊を指揮監督することであり、「外道」とはまったく道から反れている、という意味です。つまり大西中将は、特攻攻撃に対して「まったく道から反れた指揮監督である」と考え、大反対だったわけです。しかしその彼が「特攻隊の父」と呼ばれるわけです。

『日本海軍航空史（1）用兵編』には、大西瀧治郎について次のような記述があります。

> 1944年10月、大西が第一航空艦隊司令長官としてフィリピンに向かう前のことである。
> 大西は多田力三(りきぞう)中将（軍需省兵器総局第二局長）に特攻構想について話した。多田が『あまり賛成しない』と述べたところ、大西は『たとえ特攻の成果が十分

に挙がらなかったとしても、この戦争で若者達が国のためにこれだけのことをやったということを子孫に残すことは有意義だと思う』と話した。

また『一億人の昭和史3』には、「特攻の父」大西瀧治郎について、海軍に従軍していた毎日新聞記者の新名丈夫（しんみょうたけお）という方の証言もあります。

大西は『もはや内地の生産力をあてにして、戦争をすることはできない。戦争は負けるかもしれない。しかしながら後世において、われわれの子孫が、先祖はかく戦えりという歴史を記憶するかぎりは、大和民族は断じて滅亡することはないであろう。われわれはここに全軍捨て身、敗れて悔いなき戦いを決行する』と話していた。

これらのことから何が分かるか？　それは特攻攻撃の目的というものは、「第一には敵艦を叩くことであり、第二には侍の強さを見せつけて、米兵の戦意を削いで日本を護る』ということでもありましたけれども、それだけでは実はなかった、ということです。

「第三の目的として、子孫に対して、先祖がいかに戦ったかを教え、『真の強さ』を後世の日本人に伝えることで、大和民族が滅びないようにする」という、さらなる大目的も、実は特攻攻撃の中にはあったのです。

特攻攻撃とは、日本民族に対する「民族的遺産」でもあったわけです。

アメリカ側は、あえて特攻攻撃による米軍の被害を小さく発表することで、「日本の特攻攻撃は大したことがなかった」と喧伝しております。それはおそらく、今を生きる私たち日本人に、「先祖がかく戦えり」ということを伝えたくないのでしょう。アメリカは日本人の大和魂がいつまでも目覚めず、弱々しい日本人のままでいてもらいたいのでしょう。

しかし実は特攻の米軍被害は甚大でした。突撃する戦闘機は無数の戦闘機との空中戦をかいくぐるだけでなく、海上に浮かんでいる敵戦艦から、逆さまに降る雨のような砲弾をも避けて、特攻攻撃を敵戦艦に命中させることは至難の業（わざ）です。

しかし死をも恐れぬ侍たちは、確かにそれをやってのけたのです。飛び立った特攻隊は、目標の敵艦が近くなると「ト・ツ・レ」とモールス信号を発信します。さらに敵の艦隊が見えると、「ト・ト・ト」のモールス信号を発信します。隊員たちは無線のキーをずっと押し続けたまま艦隊に突っ込むのです。そしてモールス信号が途絶えた時、それは特攻隊員の戦死の瞬間を意味しております。

特攻攻撃の命中率は、全体で見ると10％以下だとか、20％ぐらいだとか、いろいろと言われておりますが、しかし途中の空中戦で墜とされたものもあるために、それを差し引くと、特攻での命中率は56％だったと言われております。

特攻は1944年10月25日から始まり、約10カ月の間に海軍、陸軍を合わせて3496機、3948人が散華しました（資料によってデータは多少異なる）。「散華」とは「咲いた花を散らす」という意味ですが、これは「若くして戦死する」という意味でも使われます。そして実際に、多くの若い命が散り、散華していきました。

一方、特攻攻撃によって撃沈・撃破された連合軍の艦艇は278隻（資料によっては300隻超）、米軍だけでも戦死者は約1万2300人、重傷者は約3万6000人にも上り、日本の侍の「死に様」が理解できず、あまりの恐怖から「カミカゼノイローゼ」になる者さえ大勢いました。

単純比較しただけでも、特攻隊は3倍の敵と刺し違え、12倍の敵と渡り合ったために、米軍は特攻によって甚大な被害を受けました。しかしアメリカ側は、どうしてもこの「56％」という数字を隠したいようです。

あえてもう一度述べますが、こうした特攻攻撃は、日本を守るため、日本人の不撓不屈の勇ましい戦いぶりをアメリカなどに見せつけ戦意を奪うため、そして日本を滅ぼさせないために、今を生きる私たちの魂をも目がけて行われていたのです。貴方や私の先祖がいかに戦ったかを歴史に記録し、魂に刻印することで、私たち大和民族を断じて滅亡させないためにも、特攻攻撃は行われていたわけです。

先祖、散華せり①

確認されている特攻隊戦死者は６４１８名です（特攻隊戦没者慰霊顕彰会）。

私たち人間という生き物は、創造力の欠如からなのか、「一万人」とか、「十万人」とか、「百万人」とか、そうした言葉を聞くと、何かぼんやりと捉えてしまいがちです。しかし十万人ならば十万人分の人生がたしかにありました。あるいは百万人ならば百万人の泣いたり笑ったり、怒ったり喜んだりする人生がたしかにありました。

そしてたしかに３９４８名の人生が、日本のために、そして「先祖はかく戦えり」ということを私たちに教えるために、たしかに自らの手によって幕を閉じたのです。

その中の一人に穴沢利夫（あなざわとしお）大尉という方がいました。彼は幼い頃から読書好きで、夢は故郷に児童図書館を作ることだったそうです。そうしたことから彼は、文部省の図書館講習所を卒業し、そして中央大学に進学しました。彼は御茶の水の東京医科歯科大学の図書館で働きながら勉強していました。

その図書館に、昭和16年の夏、図書館講習所の後輩たちが実習にやってきました。そこで彼は運命の出会いをしました。それは孫田智恵子さんという女性です。

二人の交際は、昭和16年の暮れ頃から始まりました。学生の男女が付き合うことは、「はしたない」とされた時代であったために、二人の交際は大半が手紙でした。

やがて二人は結婚を望みます。しかし穴沢氏の兄は、都会の娘である智恵子さんとの結婚に反対しました。そしてその兄の意見に引きずられる形で、両親も結婚に反対しました。

戦争の真っ只中であったために、穴沢氏は「戦時特例法」によって、大学を繰り上げ卒業することになり、熊谷陸軍飛行学校相模教育隊に入隊しました。

昭和20年3月8日、穴沢氏は自分が属する隊の隊長から、特別休暇をもらって帰郷し、そして結婚に反対していた両親を説得しました。ようやく彼は、智恵子さんとの結婚の許可を得たのです。大喜びした穴沢氏は、翌3月9日に、さっそく東京の智恵子さんの家を訪ねて、その報告をしました。

ついに結婚が決まったその日、彼は目黒にある親戚の家に泊まりました。しかし何とも皮肉なことに、翌日の3月10日は歴史上悪名高い、死者を10万人以上を出して、東京の3分の1を焼き尽くしたあの東京大空襲でした。民間人への軍事攻撃は国際法違反ですが、米軍は焼夷弾の雨を東京中に降らせ、町中至るところが火事となり、死傷者が溢れかえりました。

穴沢氏は、婚約者の安否を心配して、まだ夜が明けきらないうちに家を飛び出して、彼女の実家へと向かいました。同じ時、彼女も夫となる人の身を案じて、目黒に向かいました。携帯電話の無い時代のため、会えるかどうか確信がなく、二人の若者はただ、ただ愛する人の身を案じて走りました。

そして二人は奇跡的に、大鳥神社のあたりで出会い、どうにか互いの生を確認することができました。しかし穴沢氏は、大宮の飛行場に帰らなければならなかったので、彼女と共に電車に乗り込みました。しかし電車は、空襲のあとで避難する人々で溢れかえり、あまりの混雑とその息苦しさに、智恵子さんは池袋駅で電車を降りてしまいました。

これが二人の最後の別れとなりました。婚約した恋人同士が一緒に過ごすことができたのは、本当にわずかな時間しかなかったのです。それから一カ月後、彼女の元に穴沢氏から手紙が届きました。以下がその手紙です。

二人で力を合わせて努めて来たが、終に実を結ばずに終わった。

希望を持ちながらも、心の一隅(いちぐう)であんなにも恐れていた〝時期を失する〟と言うことが実現してしまったのである。

去月十日、楽しみの日を胸に描きながら、池袋の駅で別れたのであったのだが、帰隊直後、我が隊を直接取り巻く情況は急転した。

発信は当分禁止された。(勿論、今は解除)

転々と処を変えつつ、多忙な毎日を送った。

そして今、晴れの出撃の日を迎えたのである。

～中略～

今は、いたずらに過去における長い交際のあとをたどりたくない。

問題は今後にあるのだから。

常に正しい判断をあなたの頭脳は与えて進ませてくれることと信ずる。

しかし、それとは別個に、婚約をしてあった男子として、散って行く男子として、女性であるあなたに少し言って征きたい。

「あなたの幸を希う以外なにものもない」

「勇気を持って、過去を忘れ、将来に新活面を見出すこと」

「あなたは、今後の一時々々の現実の中に生きるのだ。穴沢は現実の世界には、もう存在しない」

極めて抽象的に流れたかも知れぬが、将来生起する具体的な場面々々に活かしてくれる様、自分勝手な、一方的な言葉ではないつもりである。

純客観的な立場に立って言うのである。

当地は既に桜も散り果てた。

大好きな嫩葉の候がここへは直きに訪れることだろう。

今更、何を言うか、自分でも考えるが、ちょっぴり慾を言ってみたい。

1　読みたい本
　万葉、句集、道程、一点鐘、故郷

2　観たい画
　ラファエル「聖母子像」、芳崖「悲母観音」

3　智恵子、会ひたい、話したい、無性に。
今後は明るく朗らかに。

自分も負けずに朗らかに笑って征く。

昭和20年4月12日
利夫
智恵子様

福島県出身　中央大学卒

陸軍特別操縦見習士官1期
陸軍特別攻撃隊　第20振武隊
昭和20年4月12日沖縄周辺洋上にて戦死　23歳

穴沢氏の特攻の日と手紙の日付は同じですから、この手紙は死の直前に書かれたものです。

しかしもし、愛する夫となるはずだった婚約者から、こんな手紙をもらったら、果たしてどんな気持ちになるのでしょうか。

そしてこの手紙について、現代の日本人男性との違いにお気づきでしょうか？　英語教師をしていた頃の夏目漱石が、「I love you」という英文を「我、君を愛す」と翻訳した教え子に対して、「日本人はそんなことは言わない。月が綺麗ですねと訳す、それで日本人は通じる」と述べた話は有名ですが、この手紙の中には「愛している」という直接的な表現が無いのです。「会ひたい、話したい、無性に。今後は明るく朗らかに。自分も負けずに朗らかに笑って征く」という最後の表現で、十分に「私は貴女を愛している」という想いを相手に伝えているわけです。

ＧＨＱが映画にキスシーンを入れるように命じた話は紹介しましたが、その時の彼らの理由は、「日本人は恋愛、情愛の面でも、コソコソすることなく、堂々と自分の欲望や感情を人前で表現することが、日本人の思想改造には不可欠であり」というくだらないものでした。そして彼らによる「日本人思想改造計画」の結果、戦後の日本人は、「自己中心的な恋愛観」を持つ人が増えて、男女を問わずストーカーも増え続けております。しかしこの手紙を書かれた穴沢氏は、「あなたの幸を希う以外なにもない、勇気を持って、過去を忘れ、将来に新活面を見出すこと」とストーカーを行うような「自己中心的な恋愛観」とは正反対のことを述べているわけです。

これが「男らしさ」と言えるでしょう。智恵子さんは、「いつも一緒にいたい」との想いから、自分が巻いていたマフラーを彼に贈っていました。どうやら穴沢氏は、そのマフラーを巻いて出撃されたようです。

先祖、散華せり②

１９４１年12月８日の真珠湾攻撃直前、第三制空隊隊長として、零戦に搭乗する飯田房太（ふさた）28歳は、部下たちにこう述べました。

「真の侍である軍人にとって重要なことは、最後の決意である。

たとえば私が燃料タンクに致命的な損害を受けたのならば、敵に最大の損害を与えるために、生還を期することなく、目標に向かって体当たりするつもりである」

真珠湾において、第三制空隊隊長・飯田房太たちは、反撃してきた米軍戦闘機を次々に撃墜しました。ところが飯田氏の乗る戦闘機は、敵の対空砲火で被弾し、ガソリンが流れ出してしまいました。

すると彼は、仲間たちの戦闘機が無事に帰還できるように誘導すると、自身の言葉通り、仲間たちに手を振って別れを告げ、反転し、ただ1機、引き返して、米軍の飛行機工場の格納庫に対して、垂直に突入したのです。一人引き返していく飯田氏の戦闘機を、仲間たちは果たしてどんな気持ちで見送ったのでしょうか？

また、「先祖はかく戦えり」ということを魂に刻印すべく、特攻隊員の相花信夫（あいかのぶお）少尉の母親への手紙をご紹介したいと思います。

> 母を慕いて
> 　母上お元気ですか
> 永い間本当に有難うございました
> 我、六歳の時より育て下されし母
> 継母とは言え世の此の種の女にある如き

不祥事は一度たりとてなく
慈しみ育て下されし　母
有り難い母　尊い母
俺は幸福だった
遂に最後迄「お母さん」と呼ばざりし俺
幾度か思い切って呼ばんとしたが
何と意志薄弱な俺だったろう
母上お許し下さい
さぞ淋しかったでしょう
今こそ大声で呼ばして頂きます
お母さん　お母さん　お母さんと

相花信夫　少尉　第七十七振武隊
昭和二十年五月四日出撃戦死　十八歳

初めて自分の息子に「お母さん」と呼んでもらったのが、特攻に行く直前の手紙であった、果たしてこの手紙を受け取った女性は、どんな気持ちでこの手紙を幾度も読み返し、その後の人生を生き抜いていったのでしょうか。

「特攻で亡くなられたのは6418名であり、それだけの人生ドラマが存在していた」ということを述べましたが、しかし愛する家族や友人ということを考えると、それ以上に遥かに多い人生ドラマがあったことが分かります。

しかしたしかに死んだのです。自らの手で人生の幕を閉じ、そして日本のために、「先祖はかく戦えり」ということを私たちに教えるために、戦った侍たちがたしかにいたのです。

豪華客船タイタニック号よりも巨大な戦艦『大和』は、日本のために、そして沖縄に上陸してくる米軍から沖縄県民を助けにいくために、救出に向かいました。あの時、戦艦大和の一室の黒板にはこう書かれてあったと言われております。

「総員、死に方、用意」

大西瀧次郎中将は、終戦の翌日8月16日、遺書をしたためて、そして割腹されました。

特攻隊の英霊に曰す　善く戦ひたり感謝す
最後の勝利を信じつつ肉弾として散華せり

この遺書は、「日本の子どもたちは日本の宝物だ。どんな時でも絶対に挫けないという特攻精神を持ち続け、日本民族の福祉と、世界平和のために、最善を尽くしなさい」という言葉で締めくくられております。

先祖、散華せり③

先の大戦において、大和心を持って戦っていたのは、何も男たちだけではなく、女性も例外ではありませんでした。沖縄では、上陸してきた米兵と戦うために、女学生まで看護にあたりましたし、本土の女性たちも戦っていました。

藤井一少佐という方は、陸軍飛行学校において、「真の侍たる軍人とは如何なるものか」と、武士道について教えていました。そして敗戦色が濃くなり、なんとしても日本を護り抜かんとして、特攻隊の神風が吹き荒れると、彼も特攻隊に志願しました。なぜなら彼自身が、「事あらば敵陣に、あるいは敵艦に自爆せよ、私も必ず行くから、あの世で会おう」と、教え子たちと約束していたからです。しかし彼には妻子がいたこと、彼が長男であったこと、そして彼自身がパイロットではなかったこと、これらの理由からその志願は二度も却下されました。

藤井少佐は仲間との約束を破り、この世を去った仲間を裏切ることに耐えられず苦しみ続けました。そうした彼の苦しむ心を理解した妻の福子さんは、幼い二人の子どもを背負い、手紙を残して荒川に入水自殺したのです。その手紙にはこう書かれてありました。

「私たちがいたのでは後顧の憂いになり、思う存分の活躍ができないでしょうから、一足お先に逝って待っています」

　こうした経緯によって、彼の三度目の特攻隊の志願は、ようやく受け入れられました。死出の旅に出る藤井氏を囲んで、送別会が開かれたが、参加した人々は皆、彼を気遣って誰も福子さんや子どもたちのことを口にすることはなかったそうです。しかしけっして悲しい雰囲気でもなく、むしろ笑顔でさわやかに酒が酌みかわされたそうです。藤井一少佐享年29でした。

『古事記』や『日本書紀』の神話にある日本武尊（やまとたけるのみこと）と弟橘媛（おとたちばなひめ）にも、この話と似たものがあります。神代の時代、日本武尊が東国に攻め入る時に、海の神が暴れて、波が荒れ狂い、船が危険にさらされました。その時、妻の弟橘媛が夫の代わりに海に身を投げて、海神を鎮め、波を静めたと言われております。もしかしたら福子さんは、この神話を基に入水自殺したのかもしれません。

　このように、日本の益荒男たちは神話の時代よりずっと、強く美しい大和撫子たちによって支えられてきたのです。そして実はそれは「日露戦争」の時もそうでした。

　すでに述べましたように、乃木将軍はステッセル将軍が守っている旅順を、最終的には落とせたものの、しかしかなりの苦戦を強いられていました。そのために多くの日本の若者の命が失われました。そうしたことから軍部には、乃木将軍の辞任を求める手紙が何通も届き、乃木将軍を責め立てる非難の声は次第に高まっていました。

そんな時、彼の妻の静子さんは伊勢神宮に参り、「神威をもって旅順を陥落させ給え、二子の命も、私ども夫婦の命も差し上げます。どうぞ旅順だけは取らせて下さいませ」と哀願したといいます。

「家族四人の命は要らない」と神々に祈願しているのですから、けっして立身出世のためではなく、日本を思っての祈願でした。そして実際に乃木将軍は、この戦で二人の息子を失って、旅順陥落に成功しました。

だからこそ「水師営の会見」の中でステッセル将軍は、乃木将軍が二人の息子を失っていることに同情したわけです。しかしこれに対して乃木将軍は、「私の家は侍の家なので、二人の息子も晴れの死に場所を得て喜んでいるはずです」と静かに笑って答えたわけです。

乃木将軍は二人の息子が亡くなったことについて、「これで世間に申し訳が立つ」と述べたと言われております。長男26歳、次男24歳という若さでした。

このように私たちの先祖たちは、人種差別の激しい戦国時代の様相を持つ国際社会の中で、勇ましく戦って散華してきたわけです。

武士の心

心に社を

すでに述べましたように、人は「死に場所」は選べませんが、「死に様」は選べるものです。そしていかなる「生き様」を選び取るかによって、「死に様」は大きく変わっていきます。

では、現代日本人とかつての日本人の「生き様」とでは、その他にいかなるところが違うのでしょうか。

すでにご紹介したように、西郷隆盛はこう述べています。

「命もいらず、名もいらず、官位も金もいらぬ人は、始末に困るものなり。この始末に困る人ならでは、艱難(かんなん)を共にして国家の大業は成し得られぬなり」

かつての侍たちは、外見以上に、お金以上に、命以上に、志こそを大切にしました。

たとえばトロイア遺跡の発見で有名なシュリーマンが日本を訪れた時、彼は税関の荷物検査を免除してもらおうと、役人に幾らかのチップを差し出しました。なぜなら当時の外国の役人たちは、チップをもらえば簡単な荷物検査で済ませ、賄賂を出さないと賄賂を出すまで荷物検査を長引かせる、なんてことが当たり前に行われていたからです。だからシュリーマンは、日本の役人にも同じことを行ったわけです。すると当時の日本の役人は、きっぱりこう言い切ったそうです。

「日本男児たるもの心づけにつられて、義務を蔑ろにすることは尊厳にもとる」

おかげでシュリーマンは、荷物を開けなければなりませんでしたが、しかし彼は役人から言いがかりをつけられるどころか、通常の検査だけで満足してもらったそうです。そしてシュリーマンはこう述べました。

「日本人は大変好意的で親切であり、また彼等の最大の侮辱は、たとえ感謝の気持ちからでも現金を贈ることである」

このように日本にはかつて、「むやみに現金を受け取ることを恥とする心」がありました。しかし今では、どこもかしこも賄賂や裏金にまみれております。政治家はもちろんのこと、現職の警察官で初めて内部告発された仙波敏郎さんの話によれば、警察官も100％裏金にまみれております。あるいは元判事の生田暉雄さんの話によれば、最高裁まで裏金まみれだと言います。

元検事の三井環さんにいたっては、検察庁が調査活動費の予算を「裏金」にしていることを内部告発するために、テレビに出演しようとしたら、その直前に彼は別件で逮捕されてしまいました。三井さんは言います。「検察が犯罪を犯したら、この国にはそれをチェックする機能はない」と。

しかしかつての侍たちは、仏教で言うところの「小欲知足」を実践せんと精神修養に励んでおり、そして実際に「始末に困る者」がたしかに大勢いたのです。

儒教の祖と言われている孔子の言葉に、こんな言葉があります。

「士、道に志して、悪衣悪食を恥ずる者は、未だ与に議るに足らず」

つまり「天下国家に対して志を持ちながらも、粗末な服や食事を恥ずかしんでいるようでは、まだ共に天下国家を議論する気にはなれない」、そういった意味です。また儒教にはこうもあります。

「疏食を飯い水を飲み、肱を曲げてこれを枕とす。楽しみまたその中にあり。不義にして冨みかつ貴きは、我において浮雲の如し」

つまりどんな粗末なものを食べて、肘を枕に寝るような貧しい暮らしの中にだって楽しみはある、しかし欲に負け、義を軽んじ、道に外れたことをしてまで裕福になり、たとえ人目には貴いような暮らしをしたところで、そんな暮らしは浮き雲のように儚いものにしか過ぎない、そういった意味です。

そうした疏食を喰らい、悪衣を恥としない始末に困る者になっていくために、仏教の「自分が、自分が」という自我我欲を無くしていく仏道修行が必要なわけです。

「心に社を建てる」、失われつつある日本語だからこそ、今、取り戻さなければならない日本語であると言えるでしょう。

狂の心

真の侍とは、心に社を建てながらも、それと同時に、「狂の心」も持ち合わせていました。

たとえば黒船密航が失敗に終わった吉田松陰は、下田にある牢において、人々から酷い扱いを受けました。「恥知らず、愚か者」と、唾を吐きかけられ、石を投げつけられたのです。

そこで笑えば、ただの悪漢（あっかん）になってしまうし、また牢の中から人々の誤解を解こうにも解くことはできません。そのために吉田松陰は、じっと静かに黙って耐えていたそうです。そんな吉田松陰は、次の句を詠んでおります。

「世の人は　よしあしごとも　いわばいへ　賤（しず）が誠（まこと）は　神（かみ）ぞ知るらん」

つまり「私が正しいという事を、神は知っておられるのだから、世間の人は何とでも言えばいい」、そう松陰は詠んだわけです。そしてその吉田松陰は、弟子たちにこう教えています。

「諸君、狂いたまえ」

時代を半歩先、一歩先、二歩先が見えて歩む人というのは、大衆から支持を得て、人気も集めるものです。いわゆる「ポピュリスト」と言われる人たちがそうでしょう。

しかし時代を五歩も、十歩も先が見えて歩む人というのは、大衆から批判を受け、誹誘されて、「狂人」扱いされてしまいます。

すなわち吉田松陰が述べた「狂いたまえ」という言葉の意味は、「時代の常識にとらわれることなく、勇気を持って常識を打ち破れ」、という意味です。

実際に吉田松陰は、不平等な「日米修好通商条約」が結ばれると、「征夷は天下の賊なり」と述べています。「征夷」とは征夷大将軍、つまり徳川将軍のことです。これは完全な幕府批判であり、こんなことを言って役人に聞かれたら死罪であり、当時の常識からすれば、明らかに周囲から狂っていると思われることでしょう。

しかし現代の常識からすれば、少し納得できます。なぜなら江戸幕府は当時の国際政治の世界から見れば、やはり時代遅れであり、また明治政府は、この不平等条約を解消するのに、とても苦労するからです。

また弟子の高杉晋作も狂っていました。馬関戦争で敗れた長州藩は、欧米連合国から彦島を租借地として差し出すように言われました。しかし高杉晋作は、イギリスとのアヘン戦争に敗れた清に視察に行っており、清の人々が家畜同然に扱われている光景を見ていました。

そのために彼は、連合国との交渉の場で、「そもそも我が日の本の国は、高天原より始まり」と『古事記』を延々と暗唱しはじめました。連合国側はもちろん、通訳の伊藤博文でさえも、「気が狂ったのか?」と思うわけですが、これは高杉なりの作戦でした。「日本は一度も他国の侵略を許したことのない、神話から続く誇れる国である」と語りながらも、交渉をうやむやにし、結果的に彦島の租借を諦めさせたのです。

当時の長州藩は、たった一藩で日本中を敵に回し、さらに世界の国々をも敵にしている、非常に困難な状況にありました。しかも吉田松陰はじめ多くの長州藩士がすでに亡くなっている状況から、長州藩の人々の中にも、「もはや倒幕をあきらめよう」という想いも出始めておりました。

しかし高杉晋作は、たった一人立ち、『功山寺』にて挙兵し、長州藩の正規軍に戦いを挑みました。「いずれ他の者たちも同調してくれるだろう」と、彼は賭けに出たのです。この賭けは的中し、伊藤博文をはじめ多くの志士たちが、長州藩のクーデターに加わりました。そして最終的に彼らは、長州藩の正規軍を破って、藩論を再び「倒幕」へとまとめたのです。

そして長州藩は、坂本龍馬などの手引きによって、最新式の軍艦や銃を手に入れたこともあって幕府軍に勝利しました。この勝因には、坂本龍馬らが高杉晋作たち長州藩と西郷隆盛率いる薩摩藩の「薩長同盟」を結ばせたことで、薩摩藩が幕府側につかなかったことも大きな要因でした。

この勝利と「薩長同盟」によって、かつて鎌倉幕府の軍が楠木正成によって倒された時と同じように、「ついに江戸幕府も倒れる時が来たのでは？」と、多くの日本人が考えるようになりました。日本国中に倒幕の勢いが増していったのです。

それはすなわち「狂の心」でもって、常識には敗れなかった高杉晋作のたった一人の功山寺の決起が、長州藩を変え、幕府軍を破ることで、その後の日本の流れにまで影響を及ぼした、ということです。

この時のことを、後に初代総理大臣となる伊藤博文は、後年以下のように語っています。「私の人生において、唯一誇れることがあるとすれば、功山寺の決起の時、一番に高杉さんの下に駆けつけたことだろう」

「1＋1」は「2」です。それが正解であり、常識です。しかし武士道とは、常識に捉われることなく常識を覆すものであり、「1＋1」を「10」にも、「100」にも変えていくものです。不可能を可能に変えて奇跡を起こすもの、それが武士道によって目覚める大和魂であり、まさにそれは「狂の心」なわけです。

また吉田松陰は、弟子たちにこう教えています。

「志を立てるためには、人と異なることを恐れてはならない。世俗の意見に惑わされてもいけない。

死んだ後の業苦を思いわずらうな。

また、目前の安楽は一時しのぎと知れ。

百年の時は一瞬にすぎない。

君たちはどうかいたずらに時を過ごすことのないように」

師の「諸君、狂いたまえ」という教えを忠実に生きた高杉晋作の人物評について、伊藤博文はこう述べております。

「動けば雷電の如く発すれば風雨の如し、衆目駭然、敢て正視する者なし。

これ我が東行高杉君に非ずや」

「動けば雷電のようで、言葉を発すればまるで風雨のようである。多くの人はただただ驚き、あえて正視する者すらいない。これこそ我らの高杉晋作さんなのである」という意味です。

『功山寺』の決起の時、高杉晋作は集まった同胞たちに、次のように語っております。

「これよりは長州男児の腕前お目に懸け申すべく」

大和魂、それは常識人でありながら、しかし人と異なることを恐れず、さらには死すら恐れずに、時代の常識を打ち破り、不可能を可能に変えて奇跡さえ起こす狂の精神です。

偉大なる常識人の狂の魂、それが大和魂です。

仁義の心

現代の日本人とかつての日本人との「生き様」の違いについて考える時、その違いの一つに「仁義」というものがあるでしょう。

日本におけるスポーツやスクリーンといった「3S」の流行、そして「W・G・I・P」による日本人への自虐史観洗脳、さらには「パネルDジャパン」によって日本人はアメリカナイズされてきました。そうした中で、なぜか戦後の日本では、ヤクザ映画ばかりが流行し、「暴力」が礼賛されてきました。

たとえば『仁義なき戦い』などがそうです。

冒頭でも述べましたが、儒教の『論語』には「仁者は必ず勇あり。勇者は必ずしも仁あらず」とあります。つまり「仁」とは、「優しさ」と「勇ましさ」の両方を兼ね備えた心のことです。しかし暴力の世界を見れば分かりますように、勇ましいからといって、必ずしも侍のような優しい心を持っているとは限らないわけです。

「優しさ」と「勇ましさ」の両方を兼ね備えた心、それが「仁」なわけです。

そして「義」とは、この一文字が「美」と「我」が合わさって出来上がったと言われているように、己の生き様や死に様を美しくせんとする心です。

すなわち本当の仁義とは、我が人生を美しくせんとする、勇ましくも優しい心のことです。

そのために真（まこと）の仁義あれば、その者の言動の中に、必ず儒教・陽明学（ようめいがく）の神髄が現れてくるでしょう。それが「知行合一（ちこうごういつ）」であり、「殺身成仁（さっしんせいじん）」です。

「知行合一」とは、天下国家にある腐敗や危機、そしてその中で苦しみ悲しむ人々の涙を知ったのならば、勇気をもって行動していく、もしも何も行動しないのならば真に知ったことにはならない、「知識」と「行動」を一つの同じものとする、それが「知行合一」です。

「殺身成仁」とは、「己の身を殺してでも仁を成し遂げる」、つまり己の利益や不利益を度外視してでも、天下国家のために尽力することです。

しかし日本において儒教は、「儒家神道」として神道と一体となり、その神道が「神仏習合」といって仏教と一体となったために、儒教のこの「殺身成仁」という思想は、仏教の「不惜身命」という思想とも一体となったと言えるでしょう。

つまり「和」を尊む神道を通じて、儒教と仏教も武士道として融和することによって、日本において「殺身成仁」の思想は「殺命成仁」へと変貌を遂げたわけです。それが楠木正成の「七生報国」として、あるいは真田家の家紋「不惜身命の六文銭」として具現化していると言えるでしょう。

それはつまり、「己の命を殺してでも仁を成し遂げる」という自己犠牲を厭わない精神、まさに「特攻精神」です。

そしてこの「特攻精神」によって、先の大戦における特攻は行われ、「先祖はかく戦えり」ということを、私たち子孫に教えてくれているわけです。

積小為大

すでに述べましたように、時代の一歩、二歩先を見て歩む人は、大衆から支持を得て人気も集めるものですが、時代の十歩も、二十歩も先を見て歩む人は、大衆から批判を受け、誹謗され、「狂人」扱いされてしまいます。

しかし日本刀が何度も叩かれ、鎚で打ち続けられて、鉄鉱石の不純物が無くなって強く美しくなっていくように、侍であるならば、信念を貫き通して、叩かれる度に、挫かれる度に、敗れる度に強くなっていかねばなりません。儒教の孟子もこう言っております。

「天のまさに大任をこの人に降さんとするや、必ずまずその心志を苦しめ、その筋骨を労し、その体膚を餓えしめ、その身を空乏にし、行いにはその為すところを仏乱す。心を動かし、性を忍び、その能くせざる所を曽益するゆえんなり」

これは、「天が人に大事な仕事を授けようとする時には、必ずまずその人の心を苦しめ、その肉体を疲れさせ、窮乏の境遇に置いて、何事も思い通りにならないような試練を与えて、わざわざその人を鍛えるものである。それは天が、その人の心を鍛え、忍耐力を増させ、天下万民の幸せに繋がる大事な仕事に足る、大人物に育てようとしている証拠なのだ」という意味です。

大切なことは信念を貫き通すことであり、そしてそうした方に、二宮尊徳という方がいます。彼は明治から戦前まで、必ず「修身」の教科書に載っており、学校の庭には必ず薪を背負って歩きながら本を読む少年時代の彼の銅像があり、二宮尊徳は日本一の有名人でした。

彼の幼名を「金次郎」と言い、彼は14歳で父を失い、残された母と2人の弟を養うために働きに出ましたが、父が死んだ二年後に母も他界し、金次郎は叔父の家にあずけられました。そこでも彼は深夜まで学問に励みました。

ところがその叔父は「百姓に学問などいらない」という考えの人で、金次郎に学問を行わせないために、「明かりの灯油を無駄遣いするな」と怒りました。そのために金次郎は、自分で菜種を育てて、それを収穫して灯油代を稼いで、百姓仕事が終わってから学問に励みました。

しかし叔父も頑固な人で、夜遅くまで学問を励む金次郎に対して、「お前はウチで預かっているのだから、お前の時間は、全部オレの時間も同然だ。だから学問などせずに、さっさと寝ろ」と言いました。そこで幼い二宮尊徳が考え出したのが、移動時間に歩きながら本を読むという行動だったのです。

学問を身につけ、大人になった彼は、様々な藩の財政再建を依頼され、当時としては非常に珍しく、百姓から武士になるという例外的な大出世を成し遂げました。まさに叩かれ、挫かれても信念を貫き通された方、それが二宮尊徳です。

また本多静六という方は、40代で現在の価値で100億円もの資産を築き上げました。彼の職業は東京帝国大学の教授ですから、通常ならば、それほどの資産を築けるわけがありません。彼は貧しい片田舎に生まれ、11歳の時に父を失い、百姓をしながら苦学した末に、19歳で東京山林学校（東大農学部の前身）に入学します。しかし第一期試験に落第して、悲観して、井戸に投身自殺したのですが、百姓をしていて体が鍛えられていたために死に切れず、思い直して勉学に励みなおします。

その後、決死の覚悟で学問に励んだ末に、優秀な成績で卒業し、ドイツに留学するのですが、学費が乏しかったために、4年の留学予定を2年に縮めねばなりませんでした。それでも彼は、その逆境をバネに変えて、日本最初の林学博士となります。その後、彼は東京帝大の教授となり、「日本の林学の父」、「公園の父」と言われ、彼の著書は300冊を超えております。やがて巨万の富を築いて、財産を匿名で寄付して、再び貧乏生活に戻る「伝説の億万長者」といわれております。まさに、いかなる試練の中に置かれても信念を貫き通された方、それが本多静六です。

また、世界的に有名な電機メーカー『パナソニック』の創業者に、松下幸之助という方がいます。大きな企業の場合、仕事ごとに部署を分割して、管理する統治制度のことを「事業部制」と言いますが、今では当たり前になっているこの「事業部制」を考え出して、小さな会社から大企業へと発展させたのが松下幸之助でした。

しかし実は彼も、家は貧しく小学生の頃から、働きに出なければならない苛酷な環境にありました。また彼は体がとても弱かったそうです。そんな彼は、「なぜ貴方は、小さな工場から始めた会社を世界的な大会社へと発展させたのですか?」と問われて、「自分は小学校も出ておらず、だから頭が悪く、体も弱かったから、人に仕事を任せるしかなかった」と答えております。

松下幸之助さんの年収は、10億円ほどであったそうですが、9億円くらい税金で持っていかれて、残りの1億円も人との付き合い、冠婚葬祭などで出ていったと言われております。つまり松下幸之助さんも「小欲知足」であったわけです。

彼が遺した言葉、それは「産業報国」です。すなわち「産業を興して国に報いる」ということであり、実際に戦後の日本の経済は、電機産業、自動車産業によって支えられてきました。彼もまた信念の塊のような方でした。

叔父から「灯油がもったいない」、「お前の時間はオレのものだ」と言われた二宮尊徳は、普通の人なら愚痴や不平不満をこぼし、自分が学問に励めないことを言い訳にし、他人のせい、環境のせいにして世を恨むものです。しかし二宮尊徳はそうは思いませんでした。むしろ彼は、「自分がお世話になっている人に迷惑をかけずに、どうすれば学問に励めるか?」と考えて、それを実行したのです。

そして学問で身を立てた彼は、お風呂の中で、桶の水は押したら自分のほうに返ってくる、こちらに引いたら水は自分から離れていく、ということを見て、「与える者が与えられるのだ」という真理を発見し、勤勉に学問に励みつつも、与え続けるということを考え抜くわけです。

二宮尊徳も、本多静六も、松下幸之助もこの3人に共通していることは、「時代のせい、他人のせい、環境のせいにせず、言い訳もしないで、むしろその逆境をバネにして信念を貫き通した」ということです。彼らの心の内にあったもの、それは「他に依存せず自力で困難を乗り越える」という自助努力の精神です。

そしてその「勤勉な生き様の鑑」とも言える二宮尊徳は、「大事を為さんと欲せば小なることを怠らず勤むべし。小積りて大となればなり」と述べました。これは「積小為大」と言われ、意味としては、「大きな仕事を成し遂げるためには、小さな仕事を積み上げていかねばならない」ということです。

天下国家に対して大事を成し遂げんとする時、孟子の言葉にもありますように、天はその人間を人物へと成長させるために、必ず試練を与え、逆境に置くものです。しかしやはりここで大切なことは、他人のせい、環境のせいにはせず、言い訳をすることなく自助努力の精神を持ち続け、むしろそうした試練や逆境をバネにすることです。そしてどんなに大きな理想を持っていても、小さなことを蔑ろにせず、一つずつ丁寧に積み上げて、そして人々に与え続けていくことが大切と言えるでしょう。

親のせい、環境のせい、時代のせいという「言い訳」ばかりの時代となっている今だからこそ、「言い訳をしない」という「男らしさ」もまた大切と言えるでしょう。

神話が続く日本

個性豊かな神々

これまで述べてきたことを振り返れば、お分かりのように、かつての日本人は、精神面でも、勤勉性による技術の面でも、そしてその技術によって得られる経済面でも、実は「世界最強」と言っても過言ではありませんでした。そして「日米半導体協定」が無ければ、おそらく21世紀において半導体技術でも、日本は世界をリードするだけの技術があったはずなのです。

それはつまり、「もしも日本がきちんとした国の状態であれば、私たち日本人はもっと豊かな暮らしができていたはずなのです」、という言葉に換えることができるわけです。

ですから日本人が、日本人としての誇りを取り戻し、眠れし大和魂を目覚めさせることができれば、まだまだ日本は経済的にも持ち直すことができるでしょう。むしろ日本は、経済的にも世界をリードし、世界の超大国となる国力を持つこともできるでしょう。

しかし私はけっして、その「世界最強」ということを、国粋主義的に自慢するつもりはありません。あくまでも大切なことは「ノブレス・オブリージュ」、これは「高貴なる義務」という意味です。つまり恵まれた立場にあり、強き者であるからこそ、それだけ世界に対して、「高貴なる義務」が伴う、という考え方です。

かつて私たち日本人の先祖が、強いゆえに国家をあげて人種差別と戦ったように、今を生きる私たち日本人にもまた、世界に対して成すべきことがあるわけです。

しかも「ＬＧＢＴＱ」の潮流が世界を襲って、世界は狂い始めており、また第三次世界大戦の噂もあり、人類は滅びの危機も迎えております。ですから、やはり日本人お一人お一人が、日本人としての誇りを取り戻して、日本を今一度、洗濯しなければなりません。

では、日本人が、日本人としての誇りを取り戻すためには、どうしたら良いのでしょうか？

歴史学者のトインビーが、「12、３歳までに神話を学ばなかった民族は、例外なく滅びている」と述べたように、日本人が日本人としての誇りを取り戻すためには、やはり歴史と繋がっている神話を学び直す必要があります。なぜなら日本人こそ、イギリスにも、フランスにも、アメリカにも負けない、世界に誇れる歴史と神話を持つ民だからです。

『古事記』、『日本書紀』によれば、まず混沌があったそうです。

そして数々の神々が現れ、やがて霊天上界に高天原という日本の霊界が築かれました。

そして国常立命が現れ、その後、伊邪那岐（いざなぎ）、伊邪那美（いざなみ）といった二柱（ふたはしら）が現れました。日本では神様を数える際、「一柱」、「二柱」と数え、「たくさんの神様がいる」という意味から「八百万の神々」という呼び方をしています。

この二柱の神々は、天浮橋（あめのうきはし）という橋に立って、天沼鉾（あめのぬぼこ）という矛を持って、海の中を探られ、その矛の雫が滴り落ちて、日本列島が出来上がった、と言われております。

そして皇室の先祖にあたり、明治神宮に祀られている天照大神、その弟の須佐之男命、そして月読命（つくよみのみこと）の「三貴子（みはしらのうずのみこ）」という神様が生まれました。

天照大神は、水田を持ち、機織りをされて、真面目に働かれていたのですが、弟の須佐之男命が暴れ回ると、姉の天照大神は岩戸の中に閉じこもってしまいました。

「神様の引きこもり」とも言えるこの行動によって、世は闇に包まれました。

どんなに説得しても、岩戸を開けない天照大神でしたが、思兼神（おもいかねのかみ）が一計を練りました。

そして様々な神々が協力して八咫鏡と八尺瓊勾玉を作り、天宇受売命が肌もあらわに踊ると、神々は大いに笑いました。

すると天照大神は、その「笑い声」が気になって、少しだけ岩戸を開けてみました。

この隙に、手力男神が岩戸をこじ開けました。

こうして太陽神が再びお戻りになられて、日の本は明るくなったのです。

「芸能」と「笑い」が、太陽を昇らせた日出国、それが私たちの国、日本です。

その頃、出雲国に降り立った須佐之男命は、頭が八つもある巨大な大蛇である八岐大蛇と戦い、大蛇を酒で酔わせて、八つの首を斬り落としました。

大蛇の尾の中から出てきたのが、天叢雲剣です。

須佐之男命はこの天叢雲剣を天照大神に献上しました。

こうして神道の「三種の神器」が揃いました。

そして天照大神は、孫にあたる邇邇芸命に、この「三種の神器」と稲穂を渡して、「この稲を育てて葦原中国を治めなさい」と命じました。

こうしたことから、邇邇芸命が降り立ったその土地は、「稲を高く積む場所」として、「高千穂」と名付けられました。この場所は宮崎県の高千穂と言われていて、これを「天孫降臨」と言います。

邇邇芸命(ににぎのみこと)のひ孫にあたる神武天皇が、日本列島を東に攻めて、奈良県の「橿原(かしはら)」という地で日本を建国した、と言われております。

それから第11代垂仁天皇の第四皇女、巫女の倭姫命は、高天原の天照大神という神霊から言葉を受け取りました。

「この神風(かむかぜ)の伊勢の国は常世(とこよ)の浪の重浪(しきなみ)帰(よ)する国なり。傍国(かたくに)の可怜国(うましくに)なり。この国に居(を)らむと欲(おも)ふ」

意味は、「伊勢は永遠の世界（常世）の国からの波が、何重も寄り来る国であり、辺境ではあるが、しかし美しい国なので、私はここに鎮座しよう」という意味です。

こうして天照大神を祀る伊勢神宮が建立されました。

また倭姫命は、甥にあたる日本武尊(やまとたけるのみこと)が東に討伐に向かう際、三種の神器の一つである天叢雲剣(あめのむらくものつるぎ)を与えています。そして日本武尊は敵に囲まれて、火を放たれた時、この天叢雲剣(あめのむらくものつるぎ)を振るいました。すると風が敵側に吹くという奇跡が起こり、窮地を脱しました。

こうして天叢雲剣(あめのむらくものつるぎ)は「草薙剣(くさなぎのつるぎ)」と呼ばれるようになりました。

「三種の神器を代々受け継ぐ」、実はそれが天皇陛下の証とされています。

しかし第81代安徳天皇の頃、１１８５年、現在の山口県下関の「壇ノ浦」の海上で、源氏と平家の「源平合戦」の最後の戦いが行われた際、平清盛の妻である時子が、三種の神器を持って入水自殺してしまいます。この行為によって、三種の神器も海に沈んだものの、鏡と玉は発見されましたが、しかし剣だけがどうしても見つかりませんでした。「草薙の剣」の探索は、国家プロジェクトとして行われ、なんと27年間も続きました。

しかし結局、剣は見つからなかったために、伊勢神宮より献上された剣を「草薙の剣」としました。「草薙の剣」には、熱田神宮にある本体と、皇居にある形代（かたしろ）の二つがあると言われております。形代とは、神霊が依り憑き易いように形を整えた物のことだそうです。

実は日本では、日本の発展、繁栄、護国に貢献された方々の霊を、「神」として祀ってきました。たとえば武田神社には武田信玄が、上杉神社には上杉謙信が、建勲（たけいさお）神社（じんじゃ）には織田信長が、豊国神社（とよくにじんじゃ）には豊臣秀吉が、日光東照宮には徳川家康が、乃木神社には乃木将軍とその妻の静子が、東郷神社には東郷平八郎が、そして靖国神社には明治維新から先の大戦に貢献された方々が「神霊」として祀られています。

フランスの民族学者が述べているように、日本の魅力の一つは、神話と歴史が結びついていることでありますが、実はそれだけではなく、日本に貢献されてきた方々を「神霊」として祀ることによって、実は現在進行形で日本は神話を刻み続けているわけです。

日本人は、真実の歴史と共に神話も学んで、「日本人としての誇り」を取り戻して、日本と世界に貢献することで、さらなる神話を刻んでいかねばなりません。

白地に赤い日の丸

「日本人としての誇り」ということを考える時、やはり「日の丸」についても、私たちは知っておくべきでしょう。なぜなら日本の公教育では、「日の丸」について何も学ばないからです。そのために日本の政治家の中には、「日の丸」に「×」をした海外の反日デモに参加したりする人もいます。

今もオリンピックやワールドカップで勝利すると、スポーツ選手が日の丸を体に巻いて、歓喜する姿が報じられますが、しかしなぜ、白地に赤の日の丸なのでしょうか？　パラオも日の丸をモチーフにして国旗をつくっていますが、南国の海に浮かぶ太陽のように、パラオの国旗の色は水色と黄色です。

伝説では源平合戦の時代、武蔵坊弁慶は京の都で、「千本の刀を奪おう」と悲願を立てて、道行く人、武者を襲い、決闘しては刀を集めていたといいます。しかし999本まで集めて、あと1本というところで、京都の五条大橋で、笛を吹いて通りすぎる「牛若丸」こと若き源義経（みなもとよしつね）と出会いました。ちなみに義経と弁慶が生きていた当時、まだ京都の五条大橋は存在していないために、この話は、あくまでも伝説上の話だそうです。

弁慶は義経の立派な太刀に目を留めて、刀を賭けて決闘を挑みました。

義経は自分が持っていた扇を投げつけて、弁慶を煽り立てたそうです。弁慶は義経に襲い掛かりますが、しかし身軽な義経には敵わず、返り討ちに遭い、それ以来、弁慶は義経の家来となったそうです。

この後、源氏と平家は激しい攻防を繰り広げ、そしてついに源氏は讃岐国の屋島、現在の香川県高松市まで、平家を追い詰めました。激しい攻防の末、日が暮れて、両軍が兵を引きかけている時、沖にいる平家軍から、年若い美女を乗せた小舟が一艘、漕ぎ寄せてきました。

その美女は「紅地に金の日の丸」が描かれた扇を、竿の先に挟んで船べりに立てて、陸の源氏に向かって手招きしたといいます。

これを見た義経は、弓の名手・那須与一に、その扇を射抜くよう命じました。那須与一は馬を海に乗り入れさせましたが、しかしそれでも彼と扇の的までの距離は約40間、約70メートルもありました。しかも北風が激しく吹いているために、扇の的は小舟と共に揺れていたと言います。

それでも与一は、「南無八幡大菩薩～」と心に念じて、渾身の力で矢を放ちました。すると矢は、うなりを上げて見事に扇の的に命中し、扇はひらひらと空へと舞い上がり、海へと落ちました。

この様子を、固唾を飲んで見守っていた源平両軍は、一斉に歓声を上げて、扇の的を見事に打ち抜いた与一を褒め讃えました。そしてこの「屋島の戦い」の後、「壇ノ浦の合戦」において平家は滅び、源頼朝によって鎌倉幕府が開かれます。

伝説では、義経が弁慶に投げつけた扇は「白地に真紅の日の丸」であり、一方で平家が差し出し、与一が射止めた扇は、「赤地に金の日の丸」だったと言われております。伝説とはいえ、「これが日本の国旗が決められた瞬間だったのかもしれない」と言われております。

後の戦国乱世において、織田信長をはじめとする幾多の戦国武将たちも、「自分たちは源氏の流れを汲む、正当な日本の覇者である」という意識から、「白地に真紅の日の丸」を掲げて戦いました。

こうしたことから日本人は、日本の代表として外国と交渉する際、「白地に真紅の日の丸」の旗を掲げました。

日本人が「日本人としての誇り」を取り戻していく時、それは同時に、日本人が日の丸をも愛していくことにも、おそらく繋がっていくことでしょう。

大国に媚びない日本

現代の日本人と、かつての日本人とでは、「生き様」が大きく異なっておりますが、しかしそれは国家としても同じことが言えるでしょう。つまり今の誇りを失った日本は、大国アメリカに媚びへつらい続けておりますが、しかしかつての日本は、まったく違っていたのです。

たとえば中国には「中華思想」というものがあります。「中華思想」とは、東夷、西戎、北狄、南蛮といって、つまり「中国からみて東に位置する日本や朝鮮半島に住む民族も、西のチベットやウイグルや西アジアに住む民族も、北のモンゴルなどの民族も、南の東南アジアからやってきた民族も、すべて劣等民族であり、漢民族こそ最も優れた民族であり、中国こそが世界の中心である」と考える思想のことです。

そしてこの中華思想は、原則として中国以外は「国」として認めません。中国に「国」として認めてもらうためには、「朝貢」といって中国に頭を下げて、「家来にして下さい」と頼まなければならないのです。そして朝貢することによって、「冊封体制」という枠の中に入って、はれて中国の属国となれるのです。

そして実は日本も卑弥呼の時代に魏に朝貢して、冊封体制に入ったのですが、しかし聖徳太子の時代に、小野妹子を隋（当時の中国）へと送り、「日出ずる処の天子、日没する処の天子へ」という手紙を持たせました。「太陽は東から昇り、西に沈む」

ということから、こういった表現を取ったわけですが、これは「対等な外交」と言うよりも、むしろ「日本こそ偉大なる国である」と言っているようにも思えます。

その上で当時の日本は、「東の天皇、敬(つつし)みて、西の皇帝に白(もう)す」と、堂々と当時の大国隋（中国）に対して対等の外交を行ったわけです。つまり、「西の貴方は皇帝であるが、私は東の天皇である」と大国に対して堂々と述べたわけです。

こうした日本の姿勢は、当時の隋（中国）の皇帝、煬帝(ようだい)を「小国が何をぬかすか」と怒らせもしましたが、しかしそれは、「大国に対しても決して媚びへつらうことはしない」という、日本の誇りの現れでした。こうして日本は、隋に「対等な国」として認めさせ、「冊封体制(さくほうたいせい)」から抜け出し、きちんと独立国家になりました。

かつての日本は、いくらアメリカが超大国と言っても、けっして媚びへつらう国ではなかったのです。それは幕末において、欧米列強が「彦島を租借地に差し出せ」と言ってきた時、高杉晋作が突如、『古事記』を語り始めて、交渉をうやむやにしてしまった、というエピソードを思い出して欲しいのです。「日本は高天原という神話から続く国であり、一度も領土を侵されたことがない」と、国家としての誇りを保った話を、どうか思い出して欲しいのです。

しかし現在の日本は、首都東京の上空「横田空域」を始め、北海道から沖縄にまで日本中に、まるで当然のように在日米軍が展開しております。それはまさに日本が、国家としても誇りを失っている証と言えるでしょう。

ディバイド・アンド・ルール

帝国主義のあの酷い人種差別の時代、日本は国家を挙げて人種差別と戦いましたが、清王朝が「アヘン戦争」によってボロボロにされたこともあり、なんと中国は、アメリカと共に「ABCD包囲網」に参加して日本を追い込んだり、あるいは共産化に向かう中で、ソ連に指示を仰いだりすることで、実は白人たち側についてしまいました。

何度も述べてきましたように、日本は地政学的に恵まれているために、外国から侵略を受けることも少なかったのですが、しかし朝鮮半島は地政学的に恵まれず、実は「冊封体制」の中から抜け出すことができずにいました。

朝鮮半島に生きる人々は、言葉や文化は違えども、日本人と同じ黄色人種です。そしてすでに述べたように、日本は元来、多民族国家でありながら、「和の心」でもって、「日本人」というアイデンティティを持って歴史を歩んできました。しかし朝鮮半島は「大陸と地続き」であるために、常に大国からの侵略に脅かされてきたわけです。

このことから帝国主義時代、韓国の国内では「日本につくか、それとも清王朝につくか」ということで揺れていました。そして金玉均などの朝鮮人たちは、何とかして日本と手を組み、白人たち欧米列強に抗わんとしておりましたが、しかし金玉均が暗殺されたこともあり、韓国の親日勢力は敗れてしまいます。

そうした中で日本人の中には、「朝鮮半島を日本に組み入れよう」と考える人がいましたが、伊藤博文をはじめ多くの日本の政治家はこの考えに反対しました。なぜなら台湾くらいの小さな土地ならばまだしも、あれほど広い土地を日本の領土にして、朝鮮半島の人々を同じ日本国民として一視同仁に扱うことは不可能、と考えたからです。

しかし反対派の伊藤博文が朝鮮人に暗殺されたこともあって、「日韓併合」はたしかに行われました。

しかし当時の日本政府は、台湾の時と同様に、朝鮮半島を日本の領土と見て、東京、大阪に続いて大学を建てており、やはり累計約21億円ものお金を朝鮮半島に注ぎ込みました。「日韓併合」によって、朝鮮半島の人口は１３００万人から２５００万人に倍増し、お米の収穫量は１０００万石から２０００万石になり、朝鮮人の平均寿命も延びました。

では、なぜこれほどまでに韓国には、今も「反日感情」が残っているのでしょうか。中国は、日本からお金を引き出し、国内をまとめ上げる手段として、「反日政策」を行っていますが、実は韓国には別の理由があります。

それは戦後の日本において、「マスターズ・カントリー」であるアメリカが、徹底的に自虐史観を広めてきたように、韓国の「マスターズ・カントリー」でもあるアメリカは、韓国においても徹底的に被害者史観を広めてきたからです。こうした統治方法を、『ディバイド・アンド・ルール』、分断統治と言います。

分断統治とは、古代ローマ帝国において、支配する地域において行われていた統治方法です。つまりある土地を統治する者が、統治される者たちを分断して、その者たち同士を争わせて、統治を容易にする手法のことです。

たとえば1905年の「インド・ベンガル分断統治」がありました。当時のイギリスは、インド人による「反イギリス運動」を常に警戒していました。そこでイギリスは、ヒンズー教徒とイスラム教徒の対立を煽りました。あるいはインド国内の一部の知識層だけを優遇することで、親イギリス派の集団を作り、同じインド人同士の間に、差別や対立を行わせたりもしました。

当然、インド国民の矛先は、植民地支配しているイギリスにこそ向けられるべきです。しかしイギリスはインド国内において、上手く分断統治を行い、民族対立や宗教対立を作り上げることで、自分たちに対して、インド人の怒りの矛先が向くことを見事に回避したのです。

これが分断統治、『ディバイド・アンド・ルール』であり、この統治の最悪のパターンがルワンダでしょう。

１９９４年の４月から７月までの約１００日間で、国民の85％を占める多数派のフツ族が、少数派のツチ族と穏健派のフツ族を、合計で80万人も殺害してしまいました。この数字だけを見ると、「どうして同じ黒人同士で、多少の民族の違いを乗り越えられなかったのか？」と疑問に思うかもしれません。

しかし実は「ルワンダ大虐殺」の背後にも、実は「分断統治」が関係していました。なぜならこのフツ族とツチ族には、明確な民族の区別など存在しなかったからです。フツ族もツチ族も共に彼らは、「バントゥー語」という同じ言語を話す、元は一つの民族でした。

しかし統治国のベルギーは、わざわざ「高い鼻を持つか、牛10頭を持つ者はツチ族」、「平たい鼻を持つか、牛10頭を持たない者はフツ族」などと、そんな適当なことを述べて、一つの民族を二つの民族に分断しました。しかもベルギーは、「少数派のツチ族はヨーロッパ人に近くて優れている」などと、同じ人種間の中に、わざわざ「民族差別意識」まで持ち込みました。こうしてベルギーは、ルワンダ人同士の間に民族対立を巧みに造り出したわけです。そして少数派のツチ族を、税制、教育、身分など、ありとあらゆる面で優遇しました。

こうして大多数のフツ族の不満の矛先は、少数のツチ族に向かい、本当の統治者であるベルギーには向かわなかったのです。そして1994年、多数派のフツ族の人々から選ばれた大統領が乗る飛行機が、何者かに撃墜される事件が起こりました。この大統領は「反ツチ」の政策を前面に出していたこともあって、フツ族とツチ族の緊張感は高まりました。

そしてラジオが、これまで虐げられてきた多数派のフツ族に対して、「大統領機を撃墜したのはツチ族であり、ゴキブリのツチ族を一掃しろ！」と呼びかけたのです。こうして昨日まで仲良く遊んでいた友達の父親が、今日は斧を持って追いかけてくる、という恐ろしい異常事態となりました。その結果、わずか100日間に、80万人ものツチ族が虐殺されました。政府の命令によって軍隊が虐殺を行ったのではなく、意図的に民族の分断が行われて、対立感情が爆発して、民間人が虐殺を行ったのです。

公式文書として証拠が残っているわけではありませんが、この「ルワンダの大虐殺」こそ、まさに『ディバイド・アンド・ルール』がとんでもない最悪な結果になってしまった事例と言えるでしょう。ちなみに現在では、「ツチ族」、「フツ族」という呼び名は使われなくなってきています。

そしてこちらの『ディバイド・アンド・ルール』も公式文書が見つかっているわけではありませんが、おそらく先の大戦後、この東アジアにおいても、「分断統治」が行われてきたと見て間違いないでしょう。なぜなら日本には『東京裁判』の自虐史観を、そして沖縄や韓国には、被害者史観が明確に植え付けられてきたからです。その結果、マスターズ・カントリーであり、真の虐殺者であり、侵略者であるアメリカは、何もその罪を責め立てられることなく、日本ばかりが責め立てられてきたからです。

そして『東京裁判』で「南京大虐殺」が捏造されたように、一部の日本人までもが、その「分断統治」に協力してしまい、「従軍慰安婦の強制連行」ということが捏造されてしまいました。

戦時中、日本軍と関わりをもって、戦地で戦っている男たちの性の相手をして、お金を貰っている女性たちは、たしかに日本人にも、韓国人にもいました。それは現代でも、セクシー女優や風俗嬢がいるのと同じです。しかしそうした女性たちに支払われていたお金は、かなり高額であり、なおかつけっして「強制連行」などではありませんでした。つまり「レイプ」ではなかったわけです。

しかし南京大虐殺と同様に、未だにこの「従軍慰安婦強制連行」というプロパガンダが続いて、東アジアにおける分断統治が行われていると見て間違いないでしょう。

「男らしさ」ということを考えた時、レイプなんてことは、男がすることではありません。なぜなら男女は平等でありますが、肉体的には男のほうが強いのですから、男は女性を守らねばならないからです。しかし分断統治が行われることによって、日本のために戦ってくれた先祖たちが、今もレイプ犯にされてしまっているわけです。

ならば分断統治を見破ることもまた、「男らしさ」を守る上で大切なことと言えるでしょう。

日本の夜明けを夢見て

日本最大の国難

日本には今、「ＬＧＢＴＱの潮流」という形で国難が襲っているわけですが、かつての日本人がどのようにして国難を回避してきたのかを、少しだけお伝えいたしましょう。

日本が隋の「冊封体制」から抜け出せても、それでも中国大陸からの侵略は、時代を経てまた起こりました。モンゴル帝国、元の大軍が、日本に攻めてきたのです。チンギス・ハンが作り上げたモンゴル帝国は、東は太平洋から西はカスピ海まで支配下に置き、まさに世界最大の帝国でした。モンゴル帝国が支配下に置いた土地面積の広さは、アレクサンダー大王も、皇帝ナポレオンも、独裁者ヒトラーも遠く及ばないほど広大です。つまり現在の歴史の中で、最も広大な土地を支配したのは、このチンギス・ハンなわけです。

そしてチンギス・ハンの孫フビライ・ハンは、モンゴル帝国をさらに発展させました。そしてフビライは、都を現在の北京に移して、1271年に国号を中国風の「元」という名前に改めたのです。

アジアを飛び越えて、ヨーロッパまで侵略した「モンゴル帝国」、そして「元」は1268年、ついに日本にも侵略の刃を向けます。元から初めて使者が日本にやってきて、「大人しく降伏せよ。服従して属国になれ」という脅しの文書を突き付けてきたのです。

この時、この国難を迎え撃つ日本の総大将は、わずか18歳で執権となり、日本を背負う立場に立った北条時宗であり、その時はまだ20代前半でした。執権とは、将軍に代わって政治を行う職務のことです。時宗は若くとも、冷静沈着にして豪胆、まさに英雄、英傑でした。

北条時宗を総大将とする鎌倉幕府は、この元から届いた降伏文書を無視しました。

これを受けて元は「日本侵略」を決定します。そして1274年、ついにフビライ・ハンは、日本へと攻撃を仕掛けてきたのです。これを「蒙古襲来」とか、「元寇」と言います。「蒙古」は「モンゴル」を意味し、「寇」という言葉には、「外から害を加える」という意味があります。

この「元寇」は、まさに「日本存亡の危機」でした。しかし大和魂を持った鎌倉武士が立ち上がり、蒙古軍2万8000人に対して勇猛果敢に戦い抜きました。

元軍の船団は、九州北部の湾上に現れました。元軍を迎え撃つ侍たちは、元軍の集団戦法や火薬を用いた兵器に苦戦を強いられました。ところが元軍は、九州長崎県の離島の壱岐まで行くと、北風の波風によって、あっけなく半分の船が沈没してしまいました。

命知らずの鎌倉武士が奮戦し、なおかつ暴風雨が重なったことで、元軍は引き上げていきました。この一度目の元寇を、「文永の役」と言います。

しかし「世界最強」を誇る元の皇帝フビライは、日本侵略を諦めず、日本に自分たちの属国になるよう何度も使者を送ってきました。しかし北条時宗は徹底抗戦の構えを見せて、元から来る使者をことごとく処刑しました。

そして1281年に、元は前回の5倍以上の兵員約15万人、軍船約4400隻の大軍でもって、日本に攻めてきました。前回の元寇の際には、一部の侍だけが、日本防衛のために戦ったのに対して、今回、北条時宗は、日本全国から人を集めて、自身の名義で作戦指示を出しました。

やはりこの時も、かなりの劣勢でした。しかし日本側もこの6年の間に、元が再び攻めてくることに備えて、防衛体制を整えていました。

やがて元軍が再び現れ、日本上陸を試みますが、しかし様々な作戦が功を奏して、侍たちは元軍の日本上陸を許しませんでした。おそらく連戦連勝の「世界最強」の元軍からすれば、「日本人は何かが違う」と感じたことでしょう。

開戦から2カ月が経過すると、元軍の兵士は出航から数えれば、3カ月以上も海上で過ごしていたことになります。次第に元軍の兵士たちに疲れが見え始めました。

そして元軍の兵士たちの中に「厭戦気分」が高まってきたところに、またもや台風が襲いかかりました。この台風によって密集していた元軍の船は、玉突き状態となり、中には沈没する船まであり、この台風が元軍の中に、さらに「厭戦気分」を漂わせ、一層、士気を低下させました。こうして「世界最強」と言われた元軍は、ついに日本侵略をあきらめて引き揚げたのです。

一度目の元寇の際、「筥崎宮」という神社も、戦火に見舞われましたが、しかし亀山上皇は二度目の元寇に備えて、この神社を再建して、さらに日本中の神社仏閣に対して、「敵国降伏」の祈願を行わせました。この一度目と二度目の元寇を退けた際、その助力となってくれた台風のことを、日本人は「神風」と呼んできました。

北条時宗は、弱冠18歳にして日本を背負って立ち、20代の若さで元寇の日本存亡の危機を二度に亘って退け、そして33歳という若さで、この世を去りました。まさに北条時宗の生涯は、英雄豪傑の勇敢な人生そのものでした。もちろん「いざ鎌倉」、つまり「緊急事態の時にはやる」、そうした命知らずの侍たちが鎌倉幕府を支えました。

このように「国難」という名の付くものなどは、これまで幾度となくありました。しかし「天は自らを助くる者を助く」というように、大和魂を持った侍たちが立ち上がり、天まで味方にして神風が吹き荒れることで、日本人はこれまで国難を打破してきたのです。

しかし大和魂が眠っていて、自らを救おうとしなければ天も助けることもなく、神風が吹くこともない、それが最大の国難なのです。

天をも味方にして

元寇の際に台風が吹き荒れたように、実は日本の歴史の中には、突然の天候の変化によって、歴史が急激に動いたことがたくさんあります。

たとえばすでに述べましたように、2万5000という大軍率いる今川義元に対して、織田信長の軍はわずか10分の1ほどしかありませんでした。しかし桶狭間(おけはざま)において、今川義元が休んでいるところを、信長は急襲して勝利するわけですが、実はこの時、突然の豪雨が降らなければ、信長は今川義元に近づくことができなかったと言われています。雹まで降って、かなり視界が悪かったと伝えられています。

この桶狭間の合戦の勝利から、若き信長の大躍進が始まって天下を取り、次に天下人となる豊臣秀吉が、欧米から持ち込まれる十字架の下に、銃が隠されていることを見抜き、江戸太平の世が築かれていくことで、日本は侵略の危機を防ぐわけです。

また幕末の時代、大老の井伊直弼は、吉田松陰や橋本左内などをはじめとする多くの有能な志士を次々に処刑する一方で、外国と勝手に不平等な条約を結んでしまう危険な人物でした。歴史小説家の司馬遼太郎は井伊直弼について、「狂乱した人間が権力というナイフを持っているようなもの」と表現しております。

この狂人とも言える井伊直弼は、わずか18人の志士たちの手によって討ち取られるのですが、しかし大老井伊は、今で言うならば総理大臣にも値する人物です。そのために18人ではあまりにも少なすぎて、あまりにも無謀な挑戦でした。

しかし暗殺計画が実行された3月下旬という季節外れに大雪が降りました。そのために大老井伊を警護する人々は、刀や槍を錆びさせないように雪支度の覆いを頑丈にしていました。こうしたことからわずか18人の志士が切り込んでも、警護兵は迅速に刀や槍を取って迎え撃つことができませんでした。そのために桜田門外にて井伊直弼は命を落としました。これが世に有名な「桜田門外の変」であり、ここから明治維新は急展開していき、日本は欧米が５００年かけて成した進歩を、わずか数十年でやってのけました。

もっと時代を遡れば、すでに述べたように日本武尊が野原で火に囲まれた時に、草薙の剣を振るって風向きが変わり、敵を焼き討ちにしたという神話もあります。

元の襲来にしても、桶狭間の合戦にしても、桜田門外の変にしても、もしも突然の天候の変化が無ければ、日本は消滅していたかもしれません。もしもそうであったのならば、アジアの人々は未だに白人たち欧米諸国の支配下にあったのかもしれません。

このように日本の歴史の中には、「国難」と名のつくものなど、たくさんあったのですが、しかし日本人は「天」をも味方につけて、危機を好機に変えることで時代を一歩も、二歩も前進させて、大いなる調和の時代に近づいてきたわけです。

しかし今という時代は、武士道が失われたことで、日本人の大和魂は眠り続けたままです。だから神風が吹くこともありません。「武士道が失われている」、それこそ「日本最大の国難」と言えるでしょう。

武力と暴力の違い

では、日本は今後、具体的にどのように変わっていくべきなのでしょうか。

それを考えるには、戦後の私たち日本人が「学問」ということについて、一つ知っておかなければならないことがあります。

戦後の日本は、学問を目的とするのではなく、手段としてきましたが、それをもっとはっきりと、ストレートな言葉で言ってしまえば、東大を出てもバカはバカなのです。

「バカ」、この言葉は本来、「馬」と「鹿」ではなく、「莫迦」と書きました。これはインドのサンスクリット語で「無知」や「迷妄」を意味しています。すなわち仏教では智慧が無いことを「明かりが無い」という意味から「無明」と言い、仏の教えを学んでも悟れず、智慧を得られない無明の者のことを「莫迦」と言うわけです。

智慧と知識は別物です。たとえ「人を殺すことは悪である」、この知識は誰もが持っています。

では、パラオで、硫黄島で、沖縄で、日本を守るために戦った中川州男中将、栗林忠道中将、牛島満大将は人を殺めたのですから、彼らはすべて悪人でしょうか？

特攻攻撃を行った穴沢利夫大尉相、相花信夫少尉、真珠湾攻撃の際に米軍の飛行機工場の格納庫に垂直に突入した飯田房太中佐も、人を殺めたから悪人なのでしょうか？

明治維新から先の大戦にいたるまで、日本に貢献された方々は、靖国神社に神霊として祀られており、その数は２４６万６０００余柱ですが、祖国を守るために戦い果てた方々は皆、大悪人なのでしょうか？

しかし彼らがいなかったら、「アヘン戦争」によって敗れた清のように、日本人も白人たちから牛馬のように扱われ、今も激しい人種差別が続き、日本のいたるところに「日本人と犬は入るべからず」と書かれた看板があったかもしれません。そうであるならば、アジアの多くの国々が未だに独立国家にはなっていなかったことでしょう。

「人を殺すことは悪である」という知識は、誰もが持っているわけですが、しかし善悪を見抜くものは智慧(ちえ)です。

そして智慧とは、仏教では「悟り」と呼びます。

なぜなら「正義」というものは、知識によって分けることはできず、「人(にん)、時(じ)、所(しょ)」によって移り変わる中で見抜かなければならないからです。

たとえば街中で意味も無く人を殴れば、それは紛れも無く「悪」です。しかし暴漢に襲われて身を守るためならば、正当防衛の範囲で「善」になる場合があります。また健康な人が何十錠もの薬を大量に飲めば、それは「悪」ですが、しかし病気療養中の人が、医師の指示に従って薬を飲むことは「悪」ではありません。街中で意味もなく人を銃で撃てば、それは「暴力」であり、悪そのものですが、しかし日本を防衛するために戦った侍たちのことを、どうか思い出してください。

「人、時、所」によって移り変わる正義を、洞察鋭く的確に見抜いて、より正しい判断をくだしていく力、それが「智慧(ちえ)」であり、また「悟り」なわけです。

そして「正義」というものが、「人」と「時」と「所」によって移り変わるように、「力というものも、人と時と場によって善にも悪にもなる」というこの単純なる真理が、戦後の無明の日本では失われてきました。

GHQによって剣道が禁じられた際、國井善弥という侍が命を懸けて、「剣道の最終目的は、戦わなくても済むように剣を置くことである」と証明したように、武道の真の目的は平和です。

ですから暴力と武力は明確に異なるわけです。

「暴力」とは、何も生み出すことのない破壊の力であり、憎むべき悪です。

しかし「暴力反対！」とか、「平和！　平和！」と、いくら声高に叫んだところで、理想だけでは暴力は無くなりません。中国の天安門広場、あるいは北朝鮮の平壌で、「暴力反対！　武器は要らない！」と叫べば、一瞬で射殺されるでしょう。

だから「力」というものも無くてはなりません。もちろんアメリカのような、「世の中はすべて弱肉強食で、己の力が強いならば、その強い力で弱い者を制圧して構わない」という考え方も間違いです。ですから「力こそ正義」ではありません。

しかし警察が暴力団に敗れてはならないように、アンパンマンがばいきんまんに敗れてはならないように、正しい者は勇敢であると共に、なおかつ強くなければなりません。

すなわち「武」という文字が、「戈（ほこ）（矛）を止める」と表記するように、そして「戈」とは、古代の中国で使われた戦争の道具であるように、「戈を止める」とはすなわち、「暴力を止める」ということに他ならないわけです。

つまり真の剣道の極意が「活人剣」であるように、武力とは暴力を抑え、平和を守り、人を生かすための力なわけです。

武道の一つである合気道の達人に、塩田剛三という方がいらっしゃいました。彼は弟子に「合気道の極意とは何か？」と訊かれて、「合気道の極意とは、自分を殺しに来た人間と友達になることである」と述べました。また塩田剛三の師であり、合気道の開祖でもある植芝盛平は、「合気とは愛気であり、宇宙と調和することが大切である」といったことも述べております。このように真の武道とは、自分以外の人々のことを考える愛の心によって行い、調和を目指すものです。

包丁が人を殺(あや)める道具にもなれば、料理を作ることで人を生かす道具にもなるために、包丁そのものは価値中立です。しかし戦後の日本は、武士道が解体され、「学ぶことのおもしろさ」を奪われ、知識教育となって智慧が損なわれております、それは結果的に、「包丁は悪である」、「力はすべて悪である」といったバカな結論を導き出してきたのです。

それはつまり、「戦後の日本人は智慧を失い、善悪が分からなくなってしまった、正義を見抜けなくなった」とも言えるかもしれません。だからこそ、はっきり言ってしまえば、東大を出てもバカ(莫迦)はバカ(莫迦)なわけです。

なぜなら「自衛隊は暴力装置」などと述べる大バカ者でも、政治家になれる時代が続いているからです。そのために戦後の日本は、ただの一度も、米国産憲法を変えることができず、軍産複合体を儲けさせながら、戦争に幾度も巻き込まれて、お金を出し続けてきたのです。

イラク人約１５０万人の死者と、私たち日本人の愚かさは、けっして無関係ではありません。その一方で日本国内では、アメリカが望んでいる「プラザ合意」、「日米半導体協定」、「派遣法改悪」などといったことが行われ、そればかりか田中角栄は失脚させられ、鈴木宗男も逮捕され、石井紘基にいたっては暗殺されてきました。

その結果、多くの日本人が貧しさに苦しみ、若者の死因の第一は自殺となり、ついに日本人男性の２人に１人が、「生涯無子」の時代になろうとしています。

これらの根本的問題は、先の敗戦による押し付けられた米国産憲法であり、また日本人自身が「自衛隊は暴力装置」などと考えて、米軍に依存して守ってもらうことで、日本が主権国家ではなくなっていることです。

ドイツという国は、日本と同じ敗戦国ですが、しかしすでに「63回」も憲法改正を行ってきました。しかし日本の憲法改正は「０回」です。もちろんドイツの憲法は「軟性憲法（なんせいけんぽう）」といって、憲法改正の基準が極めて低いことも理由の一つです。その一方で、日本に押し付けられた米国産憲法は、「硬性憲法（こうせいけんぽう）」と言って、憲法改正の基準が極めて高いことも理由の一つかもしれません。しかしそれでも「63対０」は、あまりにも大きな開きです。

ＬＧＢＴＱの潮流の中で、日本人が「男らしさ」を守り抜き、大和魂という「男らしさ」を取り戻すならば、やはり米国産の戦後の日本を変えていくべきなのです。

日本人とユダヤ人の大きな違い

いや、「一刻も早く米国産の戦後の日本を変えなければならない」、あるいは「日本を取り戻さなければならない」とも言えるでしょう。

なぜなら戦後の日本は、「年次改革要望書」を突き付けられて、派遣法を改悪させられたり、チェイニー元副大統領によって外務省の官僚が左遷させられたりしてきましたが、実は自民党が行った「LGBT理解増進法」も結局は、アメリカからの指示や要求があったからです。

アメリカとイスラエルに二つの国籍を持つアメリカの政治家ラーム・エマニュエル駐日大使は、あからさまにX（旧ツイッター）の動画を通じて、「はやくLGBT理解増進法」を通すようにと要求を繰り返しておりました。

彼は、アメリカ大使館の駐日大使という立場にありながら、LGBTQの潮流を推し進める「東京レインボーパレード」に参加するのみならず、動画でメッセージを送り続けていたのです。日米の力関係、そして日本国内でのCIAの暗躍等を考えれば、これは政治家にとって圧力以外の何ものでもありません。

まさにこれは、「内政干渉」と言えるでしょうし、日本の伝統文化の破壊にも繋がりかねません。そしてさらなる「破壊」が今後、予想されているために、一刻も早く、失われた武士道を取り戻すと共に、日本を再建しなければならない、そう言えるわけです。

しかしなぜ彼らは、敗戦国の日本に対して、まるで傷口に塩を塗るような行為を行い続けるのでしょうか。「日本人の思想とはかなり異なる思想を持つ人々がいる」、まずはこの事実を理解しておかないと、物事の全体像は見えてきません。

すでに述べましたように、かつて白人たちは狩猟社会を築き、キリスト教には「動物には魂が無い」という考え方があり、白人たちはその考え方を有色人種にも向けてきたわけですが、実は彼らの思想の根本部分には、さらに日本人とはまったく異なるものがあるのです。

白人たちはキリスト教から多大な影響を受けており、そしてそのキリスト教の祖であるイエスはユダヤ教徒のユダヤ人として生まれました。実はキリスト教とユダヤ教は、完全に区別された宗教ではありません。

今から約３０００年前、ユダヤ人たちはエジプトで奴隷にされていました。しかしモーセという方が、神の言葉を地上に降ろす「預言者」として現れて、ユダヤ人を解放し、数十年に亘って放浪の旅を続けました。その放浪の旅の中で完成されていった宗教がユダヤ教です。

ちなみに「ユダヤ人」とは、古代にあった「ユダ王国の人々」という意味です。ですから厳密には彼らはイスラエル人です。そしてそのイスラエルの民には十の支族があり、支族とは本家から分かれた血族のことです。

しかしイスラエル人たちが建てた古代イスラエル王国は、「北イスラエル王国」と「南ユダ王国」に分裂し、北イスラエル王国は外国から侵略を受けて滅んでしまいました。そしてこの時、北イスラエル王国に生きていた十支族も、忽然と姿を消してしまい、残ったのは南ユダ王国のイスラエル人だけでした。そのために南ユダ王国のイスラエル人のことを、「ユダヤ人」と呼んでいるわけです。

すでに述べましたように日本人は、四季のある恵まれた国土の中で、海が壁となって他国から侵略を受けることはそれほどありませんでしたが、しかしイスラエル人たちは、広大な土地の中で放浪を続け、迫害に継ぐ迫害の歴史をくぐり抜けてきました。それはつまり「イスラエルの民は日本人に比べて地政学的に恵まれていなかった」、そう表現できるかもしれません。

そのためにユダヤ教は、同胞に対してまで、かなり厳しい一面があります。たとえばユダヤ教には「偶像崇拝」を禁じる教えがあります。これは仏様や神様の像を造って拝むことを禁止する教えのことです。そしてモーセは、イスラエルの民がこの戒律を破った際、かなり厳しい処置を行っています。

ユダヤ教徒が使う『旧約聖書』には、こう記されております。

> モーセが宿営に近づくと、子牛と踊りとを見たので、彼は怒りに燃え、手からかの板を投げうち、これを山のふもとで砕いた。また彼らが造った子牛を取って火に焼き、こなごなに砕き、これを水の上にまいて、イスラエルの人々に飲ませた。
>
> モーセは彼らに言った、「イスラエルの神、主はこう言われる、『あなたがたは、おのおの腰につるぎを帯び、宿営の中を門から門へ行き巡って、おのおのその兄弟、その友、その隣人を殺せ』」。
>
> レビの子たちはモーセの言葉どおりにしたので、その日、民のうち、おおよそ三千人が倒れた。
>
> 出エジプト記　32章19〜20、27〜28

モーセは、シナイ山に登って、神から十の戒めが刻まれた石板を戴いて、山から下りてきました。しかし同胞たちがその間に、偶像崇拝を行って堕落していたために、彼はこれに怒り、神から授かった石板を叩き割り、金の像を破壊するばかりか、溶かしたその金を同胞たちに飲ませ、さらに兄弟や友人同士で殺し合わせたのです。

日本人からは考えられない厳しい処置ですが、ただし、『旧約聖書』のレビ記19章18節にはこうあります。

「あなた自身のようにあなたの隣人を愛さなければならない。わたしは主である」

「自分のように隣人を愛せ」、ユダヤ教にもそうした愛の教えがあるわけですが、しかし彼らが考える「隣人」とは、どうやらイスラエル人のことだけだったようです。

なぜならユダヤ教徒たちは、他民族に対して、さらに厳しい一面があるからです。

たとえばイスラエルの民が、数十年の放浪の旅を続けて、ようやく古代イスラエル王国を建国する際、こんな激しい言葉が『旧約聖書』にはあります。

あなたの神、主が、あなたの行って取る地にあなたを導き入れ、多くの国々の民、（中略）すなわちあなたよりも数多く、また力のある七つの民を、あなたの前から追いはらわれる時、すなわちあなたの神、主が彼らをあなたに渡して、これを撃たせられる時は、あなたは彼らを全く滅ぼさなければならない。

彼らとなんの契約をもしてはならない。彼らに何のあわれみをも示してはならない。（中略）あなたの神、主があなたに渡される国民を滅ぼしつくし、彼らを見てあわれんではならない。また彼らの神々に仕えてはならない。それがあなたのわなとなるからである。

申命記　7章1～2節、16節

イスラエル人は、モーセによって出エジプトを果たし、現在のイスラエルの地にたどり着いて、ようやく古代イスラエル王国を興すわけですが、「ラハブ」というたった一人の娼婦をのぞいて、そこに暮らしていた人々を皆殺しにしました。しかしこの皆殺しを行う時、「哀れんではいけない。哀れみは罠である」という厳しい言葉が『旧約聖書』にはあるわけです。

たとえばその他にも、モーセの命令に従って、イスラエル人たちがミデアン人たちに戦を仕掛けた際のことです。イスラエル人は、王を含めてミデアンの成人男性を皆殺しにし、家畜と財産をすべて奪い取って町を焼き払いました。そして残ったミデアンの女性とその子どもを捕虜にして連れて帰ると、モーセはこれに怒って、次のように言いました。

この子どもたちのうちの男の子をみな殺し、また男と寝て、男を知った女をみな殺しなさい。
ただし、まだ男と寝ず、男を知らない娘はすべてあなたがたのために生かしておきなさい。

民数記31章17〜18節

「子どもでも男の子は殺し、男と寝た経験がある女性は殺し、処女だけは自分たちのために生かしておく」、こんなことは自らを「六天大魔王」と名乗った織田信長でさえやらなかったことです。「日本で言えば戦国時代のような様相であった」ということを割り引いて考えたとしても、このようにユダヤ教には、他民族や他国に対して、かなり厳しい一面があるわけです。

ですからユダヤ教にも「自分のように隣人を愛せ」という愛の教えはあるのですが、しかし彼らが考える「隣人」とは、どうやらイスラエル人のことだけだったようです。ユダヤ教やキリスト教などでは、自分たちとは異なる宗教を信じる民のことを「異邦人」と呼びます。そしてヘブライ語の『聖書』では、この異邦人のこと「ゴイ（גוי）」と呼び、複数形では「ゴイム（גוים）」と呼びます。『出エジプト記』34章

24節では、「我は汝の前にゴイムを追放するであろう」という表現が使用されております。つまりどうやらユダヤ教においては、「ゴイム」と呼ばれる異邦人たちは、愛すべき隣人には値していなかったようなわけです。

そうした中で、ユダヤ教の中からイエスという方が現れて、この「隣人」の定義を大きく広げて、異邦人のことも「隣人」と呼んで、神への信仰と愛を説いたわけです。イエスは当時、蔑まされている人々をも「隣人」と呼びました。しかしそのキリスト教徒の白人たちは、有色人種のことは「隣人」とは考えずに、侵略と虐殺を繰り返してきたわけです。

このユダヤ教、キリスト教の流れを受けて興ったのがイスラム教です。そのためにこの三つの宗教は「兄弟宗教」と呼ばれているわけです。そして「イスラム」という言葉には、「平和」という意味もあるくらいなのですが、しかしイスラム教を興された預言者ムハンマドが生きた時代も、まさに激しい戦国時代でした。

ムハンマドが現れる前の時代を、アラブ社会では「ジャーヒリーヤ」と言って、これは「無智の時代」とも、「恥の時代」とも言われていて、人間の価値がラクダよりも下に扱われていました。今でもイスラム教の男尊女卑は、世界的に問題視されておりますが、この「無知の時代」では、さらに女性の価値は低くて、女の子が生まれると、働き手にも、戦にも役立たないために、生きたまま捨てられ、埋められ、殺されてしまうこともありました。

そのために預言者ムハンマドは、時代を「ジャーヒリーヤ」に戻させないために、イスラム教を広めて後世に残すと共に、戦国時代を終わらせるために、イエスとは異なり戦う宗教家でした。こうしたことからイスラム教徒たちも、自分たちを迫害してくる者たちに対しては、かなりの厳しさを持っております。

仮面を剝がされたタルムード

そして時代の謎を読み解くためにも、ヘブライ語で「異邦人」を意味する「ゴイ」という言葉には、「家畜」という恐ろしい意味もあるという話も、私たち日本人は知っておくべきでしょう。

北イスラエル王国が滅んだ後、紀元前6世紀頃、南ユダ王国も外国からの侵略を受けます。新バビロニア王国のネブカドネザル2世によって、ユダヤ人たちは捕らえられ、バビロニアの首都バビロンへと連れ去られてしまったのです。

実はこの時より、一部のユダヤ人たちは、正統なユダヤ教の教えを捨てて、代わりにバビロニアの宗教、思想、商法を獲得したと伝えられております。そして彼らは、そのバビロニアの思想を口伝で受け継ぎ、約1000年後の5世紀末に、その口伝の教えを、18冊の書物として完成させました。それが『バビロニア・タルムード』です。

そして彼らのこの独自の教えが、何とも悪魔的なのです。その事実を証明する人物こそ、マルチン・ルターです。16世紀になるとキリスト教の宗教改革のために、ルターという方が現れて、彼はキリスト教カトリック教会と対決して、「プロテスタント」という宗派を作りました。

ルターはそのカトリックとの戦いの中で、『新約聖書』をドイツ語に翻訳しようと、ヘブライ語を勉強し直しました。その際、彼はこの『タルムード』を紐解いてみました。するとルターは絶句したのです。なぜなら正統なユダヤの教えでは、「偽ってはならない、盗んではならない、殺してはならない」と教えられているというのに、この『タルムード』には、次のように記されていたからです。

我々は『タルムード』が、モーセの律法書に対して絶対的優越性を有することを認むるものなり。

『タルムード』の決定は、生ける神の言葉である。

『汝殺すなかれ』との掟は、『イスラエル人を殺すなかれ』、との意なり。

ゴイ（非ユダヤ人）、ノアの子等、異教徒はイスラエル人にあらず。

ゴイが、ゴイもしくはユダヤ人を殺した場合は責めを負わねばならぬが、ユダ

ヤ人がゴイを殺すも責めは負わず。

　つまりユダヤ教という宗教は、モーセから始まったというのに、そのモーセの教えの上に、『タルムード』というまったく別の、しかも悪意が込められたバビロニアの教えを置いてしまった者たちがいたわけです。表現を換えれば、ヘブライ語では本来、「ゴイ」、もしくは「ゴイム」という言葉は、「異邦人」、「異邦人たち」という意味なのですが、しかしこの『タルムード』では、悪意が込められて「家畜」、あるいは「家畜たち」という意味で使われているわけです。

　そして『タルムード』という書物には、「ユダヤ人のみが人間であり、ユダヤ人以外はゴイであり、家畜には偽るべきであり、盗むべきであり、殺すべきである」と、「積極的に、徹底的に悪を成せ」という驚くべきことが書かれあった、とルターは証言するわけです。

　300冊以上の小冊子を書いたドイツの英雄マルチン・ルターですが、彼は人生最後の小冊子、『ユダヤ人と彼らの嘘』を書くことで、彼はこの『タルムード』を暴いて、こう述べております。

私はもうこれ以上、ユダヤ人のことも、ユダヤ人に反対することも書かないと決心していました。

しかしこの哀れで邪悪な連中が、いつまでも我々キリスト教徒に打ち勝とうとすることを止めないので、ユダヤ人の企てによってもたらされる被害に備えて、私もユダヤ人に抗議する人々の隊列に加わることを決意しました。ゆえに私はこの小冊子の出版を認め、そしてキリスト教徒たちにユダヤ人に対する防備を固めるよう警告いたします。～中略～

『少々、私は言いすぎではないか』と思う人がいるかもしれません。しかし言いすぎどころか、私はあまりにもわずかしか言っていないのです。というのは、彼らがいかに我々ゴイム（家畜たち）を、彼らの著作のなかで蔑み呪い、そして自分たちの学校や礼拝の場で、我々に災いが降りかかることをどれほど望んでいるか、私はよく理解しているからです。彼らは、高利貸しによって我々の金をかすめ盗り、可能な場所ではどこでも、我々をあらゆる種類の策略にかけるのです。

「他の人々を家畜と考えるなんて信じられない」、それが日本人の一般的な感想です。そのために「ルターが嘘を言っているのではないか？」と思うかもしれません。

しかしルターの真実性を証明してくれるのが、『新約聖書』の「黙示録のヨハネ」です。「ヨハネの黙示録」３章９節に、こうあります。

「見よ、サタン（悪魔）の会堂（教会）に属する者、すなわち、ユダヤ人と自称してはいるが、その実ユダヤ人でなくて、偽る者たちに、こうしよう。見よ、彼らがあなたの足もとにきて平伏するようにし、そして、わたしがあなたを愛していることを、彼らに知らせよう」

つまり『新約聖書』の「ヨハネの黙示録」には、はっきりと「ユダヤ人を自称する悪魔教徒が存在している」、ということが記されているわけです。そして信じがたいことは重々承知ですが、実際に世界には悪魔崇拝を行っている者たちがいるのです。「論より証拠」なので、私のＸ（旧ツイッター）動画をご覧になれば、「本当に世界には悪魔崇拝者なんて存在するんだ」ということがご理解できることでしょう。

ですから誤解を招かないように述べておきますが、あくまでもユダヤ人は被害者です。

そして実は、「ユダヤ人の中には民族的にも、厳密にはユダヤ人ではない者たちがいる」、という意見もあります。

7世紀から10世紀にかけて、ロシアのウクライナあたりで栄えた遊牧国家に「ハザール」という国がありました。この「ハザール」という国は8世紀半ば、イスラム軍が侵攻してきて、イスラム教への改宗を迫りました。しかし「ハザール」の隣にはキリスト教の大国、東ローマ帝国がありました。イスラム教に改宗すればキリスト教国家と対立することとなり、キリスト教に改宗すればイスラム教国家と対立することとなり、悩んだ末に「ハザール」は、キリスト教とイスラム教の根源になっていたユダヤ教を国教としました。

それ以降、ハザールの国民全員がユダヤ教徒になりました。こうして「ユダヤ教を信じる」ということで、白人種系ユダヤ人「アシュケナージ」が誕生したのです。

世界中の多くの人が勘違いしていることですが、ユダヤ人として生まれたイエスは白人ではなく有色人種であり、もともとユダヤ人は有色人種だったのです。キリスト教という宗教が、白人の多いヨーロッパで広まったことから、「イエスは白人だった」と勘違いしている人は多いのですが、しかしイスラエルという国がある地域は、西アジアに位置しており、その土地に住む人々というのは、褐色がかった肌をした有色人種なのです。それなのに白人たちは、愚かにも有色人種に対して人種差別を行ったわけです。

「ユダヤ人はもともと白人ではなかった」、このことについては、アシュケナージ・ユダヤ人のアーサー・ケストラーやシュロモー・サンドが書かれた『ユダヤ人とは誰か』や『ユダヤ人の起源』に詳しく記されております。モーセと共に出エジプトを果たしたイスラエルの民は有色人種であり、こちらのユダヤ人のことを「スファラディ」と言います。

しかしルーズベルト元大統領も、『Ｇｏｏｇｌｅ』のセルゲイ・ブリンやラリー・ペイジも、『Ｆａｃｅｂｏｏｋ』のマーク・ザッカーバーグも、科学者のアインシュタインも、経済学者のカール・マルクスも、精神医学のフロイトも、アンネ・フランクも、映画監督のスピルバーグも、タレントのデーブ・スペクターも、ウクライナの大統領ゼレンスキーも、首相のシュミハリも皆が皆、有名なユダヤ人は白人ばかりであり、つまり「アシュケナージ・ユダヤ人」なわけです。

日本は地政学的に恵まれているために、日本人には「お人よし」の一面があります。しかし彼らが持っているこの「侵略性」とも、「残酷性」とも言える一面を、きちんと理解しておかないと、武士道が失われている理由が見えてきません。そして「なぜ武士道が失われているのか」、その理由が明確に見えてこないと、武士道を甦らせる重要性を理解できないし、また失われつつある「男らしさ」を、守り抜くことも困難と言えるでしょう。

ちなみに古代北イスラエル王国が、外国から侵略を受けて滅んだ時、イスラエルの十支族が行方不明となり、失われたわけですが、実はユダヤ人たちが「日本人こそ失われた十支族だろう」と言い始めたのです。たしかに日本人の民族的宗教の神道にも、ユダヤ人の民族的宗教のユダヤ教にも同じように「三種の神器」が存在し、日本とイスラエルは遠く離れているのに、なぜか日本語とヘブライ語には多くの共通性があり、日本人の遺伝子は中国人とも韓国人とも違うというのに、なぜか日本人とユダヤ人の多くが、共に「ＹＡＰ遺伝子」を持っていることも不思議な話ですが、これはまた別の機会にお話ししたいと思います。

日本の秘された危機

すでに述べましたように、日本の財務省は「減税したら左遷させられ、増税したら出世する」と言われており、今後の増税のスケジュールとして、まずは２０２３年４月から自動車の自賠責賦課金の増税が行われ、10月からは第三のビールへの増税、同じ10月からは「インボイス制度開始」という名のステルス増税が始まり、そして政府は、新たに走行距離税の検討を開始しており、退職一時金課税制度の増額、さらに来年の2024年からは森林環境税を住民税に上乗せして、相続税の増税も行われ、2025年からは防衛費の増額に伴って法人税、所得税、たばこ税などの増税が行われ、2026年10月からは酒税改定による増税も行われます……。「レギュラーガソリンがついに（1リッター）200円突破か？」と言われているこの物価高の状況下において、このように日本政府は2030年に向けて、増税に次ぐ増税を繰り返して、私たちの暮らしを苦しめていきます。

日本国民が生活に苦しみ、日本の経済が衰退すれば、私たちの目の前で繰り広げられているこの金融戦争において、日本はますます外国に買われて衰退していくことでしょう。ですからもういい加減、私たちを苦しめ続ける売国奴政治を放置するべきではありません。

それは言葉を換えれば、米国産の戦後の日本を造り変えるべきなのです。

しかし近年、実はアメリカが、日本に対して「憲法を改正せよ」と言ってきております。

さらには、そのアメリカから支援を受けてきた自民党にも、「日本の憲法を変えよう」という流れがあります。

しかし自民党の憲法草案には、やはりかなりの問題があります。

それは「緊急事態条項」です。

日本の現憲法には「基本的人権」が明記されております。「基本的人権」とは、人間が生まれながらにして持っている自由と平等な権利です。憲法上に、この「基本的人権」が明記されているために、たとえ「コロナパンデミック」が猛威を振るっても、日本では「ロックダウン」ができなかったわけだし、あるいは「ワクチンの義務化」や「ワクチンパスポート」も国民に強制することはできませんでした。

たとえばオーストラリアという国には、そもそも憲法の中に「基本的人権」という文言が明記されておりません。そのためにオーストラリアでは、これまで何度も「ロックダウン」が行われてきました。また、政府のコロナ対応に対して、ネット上に批判的なことを書いた妊婦が逮捕されたりもしています。こうしたこともあってオーストラリア国民は、政府に反発するデモを行いましたが、警官隊がデモ隊と衝突する事態にまでなっています。

もちろん「自民党」の憲法改正の草案にも、「基本的人権」が記されております。しかし「自民党」が行おうとしている「憲法改正」の草案には、「緊急事態条項」という独裁的な文言も記されているのです。「緊急事態条項」とは、パンデミックでも、戦争でも、災害でも、政府が「今は緊急事態である」と決定した場合、「基本的人権」が失われる取り決めです。憲法草案の中にこの「緊急事態条項」があることによって、政府が独裁的に誰かを逮捕したり、ワクチンやワクチンパスポートの強制もできるようになります。

米国産の日本を変えなければなりませんが、しかし米国産の自民党による憲法草案には、やはり「緊急事態条項」が盛り込まれているわけです。そのために、もしも自民党が憲法を改正すれば、日本国民は自由を失ってしまう危険性があるわけです。

こうした事実も、やはり男らしく生きていく日本男児なら知っておくべきでしょう。

国を変えていく男らしさ

民主主義というものは、「大人」の多数決によって、国を変えていくことができる制度です。

自助努力の精神を失って、自分の不幸の原因を社会のせい、世界のせいにすることは大きな間違いですが、しかし民主主義に生きる人間が、自分たちが幸せになるために、社会を変え、世界を変えていけることを忘れてしまうのも、やはり大きな間違いであると言えるでしょう。

なぜなら人間は、他の動物とは明らかに異なり、環境を変えていける生き物だからです。

たとえば水槽の中のメダカは、どんなに水槽の水が汚れていても、不満を言うこともできず、水を換えることもできず、ただ死んでいくこともあります。それは猿山に生きる猿にも同じことが言えるでしょう。

しかし民主主義に生きる人間は、もしも自分が生きる国が汚れていれば、その国家を変え、世界を変えて生き抜いていくことができるわけです。

そしてその汚れてしまった国を変えていく中に、男たちの戦いがありますし、また女性たちにも女性としての戦いがあると言えるでしょう。北条政子や乃木静子のごとく侍を支えて戦う女性もいれば、巴御前のごとく一騎当千の戦働きをされて、戦われる侍もいらっしゃることでしょう。現代は、女性には様々な選択肢があると言えるでしょう。

しかし男たちには選択肢はなく、もしも国が醜く汚れていれば、ただ立ち上がって、何度でも、何度でも洗濯しなければならないはずです。

はっきり言って男はつらいのです。顔で笑って腹で泣かなければならないからです。

かつて坂本龍馬は言いました。

「日本を今一度、洗濯いたし申候、事にいたすべくとの神願にて候」

これまで何度も洗濯されて前進してはきたが、しかし今一度、日本を洗濯する、それが八百万の神々の願いである、そう龍馬は述べて、そして日本の夜明けを夢見て戦い、その夜明けを見ることなく死んでいきました。

なぜ、国を洗濯しなければならないのか、それは、国家が人生の土台だからです。

生まれ育つ国が異なれば人生の基本的な部分が異なり、国が滅びれば人生に危機が生じ、国が栄えれば人生のチャンスが増えるからです。

なぜ、天下国家のために立ち上がらなければならないのか、それは国が滅びるばかりか世界が滅んでしまったら、アインシュタインが述べたように、人類は原始時代からやり直さなければならず、これまでの人類の努力が水泡に帰すからです。

やはり苦しむ人のため、涙している人のため、人類の未来のために立ち上がり、たとえ人々から誤解され、嘲笑され、バカにされて、つまずき転んでも、顔では笑って再び立ち上がり、戦い抜く、それが男の生き方と言えるでしょう。

そして明らかに現在の日本は汚れており、また世界が狂い始めております。

そして今という立憲主義の時代において、国を形作っているものが憲法です。

ならば日本男児として生まれて、米国産の現憲法を、そのまま放置して生きることが、果たして男らしい生き方であると言えるのでしょうか？

「緊急事態条項」を盛り込んだ憲法草案を見過ごし、ＬＧＢＴＱの潮流や第三次世界大戦の世界の危機を見過ごすことが、本当に男としてこの世に生を享けた者として、正しい生き方と言えるでしょうか？

もちろん一部のＬＧＢＴＱの方々の男同士、女性同士であっても一緒に住む権限、財産を譲る権限などは大切でしょう。しかし一部の人々の権限に合わせて「結婚の定義」、「家族の定義」、「男女の定義」といった全体まで変え、「お母さん」や「女性」

という言葉さえ使用できなくなることは、大勢の人々が自由を失うことになり、やはり大問題です。

アインシュタインは「ミツバチが地球上から消えたら、人類は4年、生きられるだろうか？」、そう述べたわけですが、男が「男らしさ」を忘れ、女性が「女性らしさ」を忘れて、「自分たちは生理のない者、生理のある者」という認識で生きたら、おそらく日本および世界は、やがて滅んでしまうことでしょう。

すでに述べましたように、実は先進国の中でも、日本はLGBTQの潮流ではまだマシなほうであり、また本書をここまで読まれた方であれば、日本こそかつて国をあげて「人種差別」と戦ってきた国家であったことは、ご理解いただけたはずです。

かつての帝国主義の時代において、日本が有色人種国家の中で「希望の国」であったように、現代においては、この日本こそが、LGBTQの潮流を世界に押し返していく「希望の国」であると私は思っています。だから男女を超えて日本人こそが、この「極端な平等」という世界のLGBTQの潮流に対して、大和魂でもって成すべきことがあると私は思います。

また「日米半導体協定」によって、現在の日本の技術力は後れを取っておりますが、しかし「特別会計」を含めた税金の問題、特に銀行や金融の問題をきちんと解決すれば、日本国民は誰一人としてお金で泣かずに済む繁栄の時代を築けると共に、軍産複合体に操られるアメリカや世界の覇権を目指す中国に代わって、日本が平和的に世界をリードしていくことができることでしょう。

だからこそ日本の男たちが「男らしさ」を守り、日本の女性たちが「女性らしさ」を守り、世界に対して、「男らしさ」や「女性らしさ」を後世に伝えていく必要があると私は思います。

「女性らしさ」のほうは、どなたか女性の方に語っていただきたく思いますが、ただ一つ最後に言えることとして、貴方の「男らしさ」や「女性らしさ」が世界の希望であるということです。

あとがき

現代では本を読む人が減っております。

ですから拙い文章力ではありますが、実は本書は、「はじめて本を読む方に向けて」ということを意識して書きました。

あまり本を読まない方に、「いや違うんだ。本を読むことは本当はおもしろいことなんだ。なぜなら自らが成長を遂げることで、人生が素晴らしくなり、それと同時に他の人々に良き影響を与え、国家も世界も素晴らしくなるのだから、学問は本当はおもしろいんだ」ということを、隠れたメッセージとして行間に込めたつもりです。

花が咲いた時、それは花自身の喜びでもありますが、しかしその花を見る多くの人々にとっても喜びであり、ミツバチをはじめ多くの生き物がたくさんの喜びを得るように、「本を読んで学問を行う」ということは、本当は多くの喜びとなるのです。

拙い文章の中に隠れた密かなメッセージが少しでも伝われば幸いです。

与国秀行

著者プロフィール

与国 秀行（よくに ひでゆき）

旧姓・谷山。東京都杉並区出身。作家・思想家。

チーマー全盛期の1990年代に、「平成最強の不良」として関東に悪名を轟かす一方、已むことのない暴力の世界に疑問を持ち、人生を前後裁断すべく全国を放浪。武士道に関する書物などで学問を志す。かつての悪友たちが、六本木で某有名人との暴力事件で世間を騒がせる中、前田日明氏主催「THE OUTSIDER」という格闘技大会に出場するなど、体を張って日本人の覚醒を求めて、武士道精神の大切さを訴え続けている。

啓蒙団体「一般社団法人武士道」創始者。

https://bushido-japan.jp/yokuni-profile

男の生きる道

～「武士道」で取り戻す「男らしさ」の美学～

2024年２月15日　初版第１刷発行
2024年５月15日　初版第２刷発行

著　者　与国 秀行
発行者　瓜谷 綱延
発行所　株式会社文芸社
〒160-0022　東京都新宿区新宿１－10－１
電話　03-5369-3060（代表）
03-5369-2299（販売）

印　刷　株式会社文芸社
製本所　株式会社MOTOMURA

ISBN978-4-286-24878-3